BRUXAS E FAMOSAS

UM MISTÉRIO DAS BRUXAS DE WESTWICK

COLLEEN CROSS

Traduzido por
CHRISTIANE JOST

OUTRAS OBRAS DE COLLEEN CROSS

Boletim informativo de novos lançamentos
http://eepurl.com/c0jHW1

Série de Aventuras de Suspense e Mistério com a Investigadora Katerina Carter
Teoria dos Jogos
Fórmula Mortal
Greenwashing : A Farsa Verde
A Farsa Vermelha - uma curta história

Série Mistérios das Bruxas de Westwick
Que Bruxaria é Essa?
Bruxas aos Farrapos
Bruxas e Famosas
Bruxarias de Natal

Não ficção
Anatomy of a Ponzi Scheme

BRUXAS E FAMOSAS

UM MISTÉRIO DAS BRUXAS DE WESTWICK

Luzes, câmera, assassino...

Um figurão do cinema de Hollywood chega à cidade e a jornalista Cendrine West está ansiosa para conseguir um furo de reportagem. A família de bruxas dela também quer participar da ação, mas problemas com as estrelas logo se transformam em uma tragédia.

Os cadáveres se empilham mais rápido do que um rosário de xingamentos e tudo aponta para a família de Cen. Elas não pararão por nada na missão do estrelato sobrenatural, mesmo que isso signifique interferir com uma investigação de assassinato.

As bruxas criaram uma confusão com feitiços e deram ao assassino a chance de escapar impune. Cen recorre à própria justiça sobrenatural para manter a família sob controle, mas conseguirá desmascarar o assassino antes que ele ataque de novo?

Boas-vindas à vida selvagem das Wests!

Bruxas e Famosas é para fãs de mistérios paranormais e bruxas engraçadas.

Este livro pode ser lido como um mistério independente, mas, se quiser saber mais sobre as Bruxas de Westwick e a história de sua família, comece com o livro 1: *Que Bruxaria é Essa?*.

CAPÍTULO 1

*E*strelas do cinema podem ser criaturas exigentes e difíceis. Eu só nunca esperei que tia Amber fosse assim. Não só ela era uma bruxa bem-sucedida, como também era executiva sênior da WICCA, a associação internacional de bruxas, que era sua vida.

Mesmo assim, minha tia, obcecada pelo trabalho, abandonou a carreira por um papel de atriz. Ela nunca expressara interesse em ser atriz e nem mesmo gostava de ir ao cinema, portanto, a ideia de que atuasse em um filme importante de Hollywood era absurda.

Mesmo assim, em menos de uma semana, ela conseguiu um papel de coadjuvante em *High Noon Heist*, a continuação do grande sucesso de Hollywood, *Midnight Heist*. E convenceu um produtor importante de Hollywood a filmar em Westwick Corners. Nossa cidade quase fantasma certamente precisava de um reforço econômico, mas eu não conseguia, de jeito algum, entender por que ela fora escolhida.

Não fazia sentido. Tia Amber tinha conexões poderosas em Hollywood, tinha usado bruxaria ou ambos. Os detalhes ainda eram obscuros e eu não fazia ideia de quem contracenaria com tia Amber, exceto que era alguém importante de Hollywood.

Eu também não sabia por que ele estava disposto a viajar até o estado de Washington. Mas uma coisa era clara: a equipe do filme realmente era de Hollywood. E, desde que tudo corresse bem, era quase garantido que o filme colocasse Westwick Corners de volta no mapa. Os turistas voltariam com a carteira e Westwick Corners voltaria financeiramente para o azul.

Todas as informações que coletei foram de mamãe, de segunda mão, pois eu nem vira tia Amber ainda. Ela chegara tarde na noite anterior de Londres, onde morava. Ela fora diretamente para o trailer que servia de vestiário no centro da cidade, em vez de nos encontrar. Aquilo pareceu um pouco estranho, mas, na forma típica de tia Amber, ela estava ansiosa para começar à frente dos outros.

Mamãe e eu passamos a noite inteira preparando o Westwick Corners Inn, o hotel da família, para os hóspedes que chegariam. Nem mesmo bruxas conseguiam escapar de uma certa quantidade de trabalho manual. Só não havia horas suficientes no dia ou, no caso, na noite. Eu caíra na cama por volta de uma hora da manhã, mas virara de um lado para o outro.

Minha mente ficou ocupada repassando os detalhes. Os quartos estava prontos e mamãe já deixara as mesas da sala de jantar preparadas para o café da manhã. Eu ficaria no local de filmagem como uma espécie de representante da cidade, garantindo que tivessem tudo de que precisassem. Eu também esperava poder entrevistar algumas das estrelas para o *The Westwick Corners Weekly*. Eu era a editora do jornal, apesar de isso soar mais impressionante do que realmente era. Na verdade, eu comprara o trabalho para mim mesma quando o dono anterior se aposentara. Percebi logo que era um jornal com circulação quase morta e provavelmente não era o melhor negócio a ter. Como tia Pearl gostava de dizer, era apenas um jornal grátis para quem gostava de colecionar cupons.

Os comentários dela magoavam, mas ela tinha razão. Meus clientes dedicados de cupons não se importavam com os artigos que eu passava horas redigindo. Pensar de outra forma beirava a insanidade. Meu conjunto cada vez menor de pensionistas idosos só queria cupons e folhetos de descontos. Mas, pelo menos por enquanto, a receita de propaganda ainda pagava as contas e mantinha o jornal vivo.

Minha única outra tarefa era ficar de olho em tia Pearl, o que era mais fácil falar do que fazer. Tia Pearl odiava a ideia de visitantes na cidade. Ela também tinha uma rivalidade intensa de irmã com tia Amber e torci para que, pelo menos uma vez, elas se dessem bem.

Olhei para o relógio e vi que eram quase cinco horas da manhã. Eu me sentia como se não tivesse dormido um segundo sequer durante a noite e obviamente não conseguiria voltar a dormir. Eu estava empolgada demais com o filme. Parecia bom demais para ser verdade. Devia haver bruxaria envolvida e eu tinha receio de que o feitiço pudesse ser quebrado a qualquer momento.

Vesti uma calça *jeans* e uma camiseta, e fui para fora. Saltei os degraus da casa da árvore, respirando fundo o ar úmido da manhã. Meu avô construíra a casa da árvore anos antes na extremidade da propriedade virada para o vinhedo. Ela era privada, mas a poucas centenas de metros do hotel onde mamãe e tia Pearl moravam no andar inferior.

Voltei meus pensamentos para tia Amber. Ela certamente estava aprontando alguma coisa, mas o quê? Talvez estivesse apenas tentando ajudar o negócio levando o filme para Westwick Corners.

Ou talvez não. Eu nunca soube de nada que ela fizera que não fosse para se promover. Ela já tinha o papel no filme, então, por que a filmagem seria feita ali? Havia alguma coisa. Tia Amber não pediria uma licença da WICCA por nada... a não ser que houvesse magia envolvida. Mas não havia nenhum indício ou, pelo menos, que eu conseguisse ver.

Uma bruxa mais desenvolvida facilmente reconheceria truques sobrenaturais, mas eu estava para trás em meus feitiços. Sempre planejava praticar mais, mas a vida simplesmente parecia ficar no caminho. Especialmente em tempos recentes. À medida que as coisas esquentavam entre eu e Tyler, tudo o mais parecia perder a importância. Pensar em meu namorado me fez sorrir. Tyler Gates também era nosso delegado municipal e estaria ocupado naquele dia com todas as pessoas do filme na cidade.

Eu planejara procurar tia Amber no trailer dela e ver o que mais poderia descobrir. O hotel estava quieto e escuro quando passei, pois os hóspedes ainda não tinham acordado para o café da manhã, o que aconteceria em algumas horas. Eu tinha bastante tempo para verificar o local do filme na Rua Principal.

Desci a colina, desfrutando do silêncio do começo da manhã. Ainda estava escuro e usei uma lanterna para iluminar o caminho rodeado de árvores que serpenteava pela colina. Cheguei à estrada principal que levava ao centro da cidade e virei naquela direção. Ao chegar mais perto, vi vultos movendo-se ocupados de um lado para o outro na rua. Pelo jeito, a equipe do filme também estivera acordada a noite inteira.

As ruas normalmente desertas fervilhavam com atividade enquanto as equipes descarregavam caminhões, preparavam a iluminação e os equipamentos. Trailers que serviriam de vestiário estavam estacionados no lado oposto do prédio do banco. Vasculhei a rua em busca da minha tia ruiva, mas não vi sinal dela. Imaginei que estivesse dentro do trailer.

Andei na direção do local de filmagem que, tecnicamente, era composto apenas dos dois quarteirões centrais da Rua Principal. Prédios de tijolos e pedras do início do século XX preenchiam a rua. O prédio de três andares do banco era o mais alto da cidade e o local da primeira cena de *High Noon Heist*. Havia uma infinidade de câmeras, luzes e equipamentos instalados em volta do prédio, enquanto dezenas de pessoas corriam de um lado para o outro.

Filmar em Westwick Corners certamente tinha algumas vantagens. Os prédios tinham permanecido praticamente intocados durante décadas. Simplesmente não havia dinheiro para renová-los nem para construir prédios novos. A Rua Principal era pitoresca de uma forma esmaecida e esquecida. Os prédios negligenciados ainda tinham as mesmas janelas e os acabamentos da virada do século. As coisas pareciam exatamente como no passado, mas mais decaídas. Os visitantes que iam à cidade frequentemente diziam que era como voltar no tempo.

Exceto que, agora, os tijolos tinham recebido jatos de areia, o acabamento de madeira fora pintado recentemente e os prédios tinham aparência da era dos anos 1900. Até mesmo o asfalto fora coberto com terra para que parecesse uma estrada de terra.

Tudo aquilo acontecera durante a noite. Eu não consegui acreditar que fosse apenas trabalho da equipe de filmagem. Sem dúvida, o toque sobrenatural de tia Amber estava envolvido de alguma forma. Mas, não importava como acontecera, a nova cara da cidade fez com que eu abrisse um sorriso.

Os poucos traços de modernidade foram disfarçados ou removidos. Parecia que os problemas financeiros da cidade quase falida tinham sido solucionados da noite para o dia. O filme pagara muito bem à cidade pela locação e o elenco e as equipes também tinham levado dinheiro a Westwick Corners. Tínhamos até mesmo hóspedes em nosso hotel. Outros negócios locais também tinham se beneficiado. O filme e a nova cara da cidade talvez tirassem a cidade do vermelho.

Fui para o trailer de comida de mamãe, estacionado a meio quarteirão de distância. Era um trailer dos anos 1960 conjurado rapidamente e, na lateral, estava escrito *Hambúrgueres da Ruby*. Abaixo das letras, havia um balcão aberto que revelava uma cozinha completa de aço inoxidável no interior. Quando me aproximei, a porta lateral se abriu e mamãe saiu.

Fiquei surpresa ao vê-la na cidade, e não no hotel. No entanto, algumas vezes, bruxas conseguiam estar em dois lugares ao mesmo tempo. Pelo menos, pareciam estar. Era uma ilusão, mas bastante efetiva.

— Cen, você viu Amber? — Mamãe limpou a farinha do avental com estampa de margaridas que cobria a camiseta e a calça *jeans* desbotada. Ela sempre se vestia como uma *hippie* moderna, mas, ao mesmo tempo, sempre parecia na moda. O senso de moda dela era completamente aleatório. Ela nunca jogava nada fora e só gostava de se vestir confortavelmente.

Balancei a cabeça negativamente. — É ela que estou procurando. Eu estava a caminho do trailer vestiário dela. — Eu também queria ver onde estavam os trailers das outras estrelas. Talvez conseguisse entrevistar algumas delas antes que a filmagem iniciasse.

— Diga a ela para vir aqui quando puder. Preciso que alguém fique de olho por um tempo. — Aquele era o código de mamãe para ser babá de tia Pearl para que ela não estragasse tudo com seus truques. Tia Pearl odiava turistas, mesmo quando levavam dinheiro para a cidade. Aquele filme certamente acabaria com os nervos dela.

Apesar de mamãe conseguir estar em dois lugares ao mesmo tempo, por assim dizer, era um pouco demais cuidar do hotel, trabalhar no trailer de comida e vigiar tia Pearl. Mesmo com a supervelocidade dela, era tempo demais para deixar tia Pearl sem supervisão. A bruxaria de mamãe era uma grande vantagem em se tratando de ficar à frente da concorrência na alimentação, mas não tinha comparação com os talentos de tia Pearl. E minha tia não tinha o costume de canalizar as habilidades para algo produtivo.

Mamãe acenou na direção das acomodações em volta do trailer. — O que acha?

Cerca de uma dezena de mesas redondas com cadeiras estavam espalhadas à direita do trailer sob uma árvore grande. As mesas pareciam convidativas, com toalhas vermelhas e vasos com cravos vermelhos e brancos em cada uma. O plano de mamãe era estar com tudo pronto no trailer para servir lanches no meio da manhã e almoço para, em seguida, voltar ao hotel e servir o café da manhã para os hóspedes.

— Parece que você já preparou tudo. Precisa de ajuda com a comida? — Não que ela precisasse, obviamente, pois sua comida era divina.

Mas talvez corrêssemos perigo com tia Pearl operando a churrasqueira. Ela saiu do trailer e andou para aquela área, que ficava a poucos metros à esquerda do veículo.

— Não se meta, Cen. Estou com tudo sob controle. — Tia Pearl mudou de ideia e andou na nossa direção, brandindo o pegador de churrasco como se fosse uma arma.

Eu estava prestes a perguntar por que ela estava cuidando da churrasqueira tão cedo quando mamãe chamou minha atenção. Ela colocou um dedo sobre os lábios para me silenciar. Os hambúrgueres seriam desperdiçados, mas era um preço pequeno a pagar para manter tia Pearl ocupada.

— Cen, você chegou bem a tempo para almoçar. Pegue um pão. — Tia Pearl acenou para uma mesa retangular ao lado do trailer. Ela estava repleta de pães, condimentos e saladas. — É a minha receita secreta de hambúrgueres.

— Não está nem na hora do café da manhã — protestei. — Que tal um pouco de café?

Ela me ignorou e virou-se, estranhamente sem notar as chamas altas da churrasqueira atrás dela. As chamas chegaram perigosamente perto dos galhos da árvore logo acima.

— Cuidado! — Os galhos mais baixos da árvore estalaram e voaram faíscas. Olhei em volta em busca de algo para apagar as chamas, mas mamãe já estava à minha frente. Ela sussurrou algumas palavras e, em segundos, as chamas tinham se extinguido.

A piromaníaca da tia Pearl adorava um público e faria de tudo para conseguir atenção. Isso normalmente envolvia magia, fogo ou, com muita frequência, ambos. Ela adorava especialmente me irritar, portanto, eu queria ignorá-la. Mas não podia quando a segurança estava em jogo. Olhei para os trabalhadores do local da filmagem. Por sorte, eles estavam concentrados demais no trabalho para notar o incêndio que durou uma fração de segundo.

— Relaxe, Cen. Eu teria cuidado de qualquer coisa que saísse do controle. Você sempre exagera.

— É melhor, na verdade, que nada aconteça. — Estudei o prato de hambúrgueres queimados sobre a mesa ao lado dela. — Ninguém comerá essas coisas. Estão totalmente queimados.

Mamãe pegou o prato. — Algumas pessoas gostam dos hambúrgueres bem passados. Vou levá-los para dentro para que estejam prontos para servir.

Aqueles hambúrgueres iam para o lixo, mas tia Pearl não sabia disso. Calculei mentalmente o número de hambúrgueres por hora que minha tia conseguiria assar antes do meio-dia. Era uma forma cara de manter a paz, mas, pelo menos, mantinha os outros danos no mínimo. Tia Pearl conseguia criar o caos quando queria. Pelo menos ali ela estava sob o olhar vigilante de mamãe.

Eu tinha medo de pensar nos outros pequenos desastres que tia

Pearl planejara para impedir a filmagem. Apesar da atitude prestativa, eu sabia que ela só queria que aqueles estranhos fossem embora da cidade. Odiei pensar em que planos ela tinha para nosso hotel com lotação esgotada, onde era a governanta chefe.

Aquele trabalho fora ideia de mamãe, achando que significaria interação limitada ou inexistente com os hóspedes. Infelizmente, ele dava a tia Pearl acesso total aos quartos dos hóspedes e oportunidades ilimitadas de brincadeiras com xampus e sabonetes, bem como cobranças de programas estranhos de TV a cabo nas contas deles. Ela provavelmente tinha ideias muito piores em mente, mas a ignorância era uma bênção e eu nem queria pensar no que mais havia dentro da cabeça dela.

O problema mais imediato era o churrasco de tia Pearl. Eu estava com medo de perguntar, mas perguntei mesmo assim. — O que você está fazendo aqui? Achei que tia Amber tinha conseguido um trabalho para você no local das gravações. — Elas já estavam brigando?

Tia Pearl me ignorou quando colocou mais meia dúzia de hambúrgueres na grelha e acendeu o gás.

Tia Amber prometera manter a irmã mais velha ocupada o tempo inteiro. Mesmo assim, ali estava tia Pearl, bem no meio de tudo, esperando para criar problemas. Ela era um tornado de menos de cinquenta quilos procurando um lugar para pousar. Os turistas, as equipes do filme, todos eram inimigos na mente dela. A presença de minha tia no trailer de comida de mamãe não era coincidência. Eu só esperava que ela não fosse longe a ponto de envenenar alguém.

— Amber conseguiu um trabalho incrível para Pearl com os preparadores, mas Pearl se recusou a aceitá-lo. — Mamãe prendeu um cacho dos cabelos loiros atrás da bandana fúcsia e turquesa. — Disse que não está à altura dela.

— Você entendeu errado, Ruby. Eu não me recusei. — Tia Pearl acenou com o garfo de churrasco no ar, quase espetando o galho de uma árvore. — O trabalho era errado para mim. Eu deveria ser a diretora de pirotecnia, não uma criada cuidando de uma caixa de brinquedos. Não é de surpreender que Amber esteja me evitando. Ela pagará por isso.

— Você não pode ser diretora de pirotecnia. Você não tem experiência em filmes. — Suspirei. A rivalidade das minhas tias não tinha limites. — Tenho certeza de que tia Amber só estava tentando ajudar.

Tia Pearl fez um som de desprezo ao jogar líquido de um frasco preso à cintura sobre o churrasco. As chamas subiram um segundo depois. Ela olhou com amor para as chamas, que ficavam cada vez mais altas na grelha. Ela parecia estar em transe.

— Cuidado! — Os cabelos na minha nuca se arrepiaram. Minha tia odiava figuras de autoridade, fossem formais ou informais. Ela também era uma piromaníaca em recuperação, portanto, a ideia de vê-la fazendo qualquer coisa relacionada a fogo me assustava.

As chamas diminuíram à medida que o combustível foi queimado e tia Pearl saiu do transe. — Você disse alguma coisa? — Ela sorriu docemente para nós.

— A preparação é uma excelente oportunidade, Pearl. Você precisa começar em algum lugar. — Mamãe diminuiu ainda mais as chamas do churrasco. — Você pode adicionar essa experiência a seu currículo.

— Amber não tem experiência. — Tia Pearl emitiu um som de desprezo. — Como ela conseguiu um papel principal?

Também perguntei-me a mesma coisa. Mas, em vez disso, falei: — Você só está com ciúmes.

— Não estou.

Revirei os olhos. — Vocês sempre precisam competir uma com a outra? — As duas irmãs mais velhas de mamãe estavam na casa dos sessenta e dos setenta, com tia Pearl sendo a mais velha. A rivalidade intensa entre as irmãs não diminuíra em nada. Na verdade, ela ficara mais forte a cada ano. Elas não conseguiam ficar no mesmo aposento por cinco minutos sem tentarem se agredir. Mamãe sempre acabava com as brigas e fazia o papel de mediadora, apesar de ser a mais nova.

— Eu queria que você e Amber parassem de ser tão competitivas — disse mamãe. — As duas são boas em coisas diferentes, só isso. Vocês se complementam.

Emiti um som de desprezo e as duas me olharam friamente.

— Tenho experiência de vida, Ruby. Também sou uma bruxa, e

muito boa. Não vou trabalhar para um incompetente que não sabe o que está fazendo.

— Você está falando do gerente de preparações? É claro que ele sabe o que está fazendo. Ele tem anos de experiência, como todos os outros. Eles são todos profissionais. — Mamãe inclinou a cabeça em direção ao local de filmagem.

— Posso criar alguns efeitos especiais muito bons. Os dele são uma piada. — Tia Pearl fez um movimento com a mão e as chamas do churrasco subiram novamente.

Mamãe as apagou com um aceno da mão. — Controle seus truques por alguns dias, ok? Nenhuma das pessoas do filme sabe que somos bruxas e temos que manter as coisas assim.

— Mas Bill ainda não sabe o que está fazendo. Nesse passo, eles filmarão para sempre. — Ela fez uma careta. — Eu só queria dar uma ajuda para que pudessem terminar tudo mais depressa. Mas tudo que sugiro é desconsiderado.

— Não tente nada engraçadinho, tia Pearl. — Eu não sabia quem era Bill nem por que ela o chamara de incompetente, mas achei que qualquer pessoa trabalhando em um filme tão importante tinha que ser boa no trabalho. Provavelmente excelente. A indústria cenográfica era o sonho de muitas pessoas e a concorrência era feroz.

— Cen tem razão. Você não pode acabar com nosso disfarce — disse mamãe. — Só faça um bom trabalho e ganhe o respeito deles. Pelo menos, Amber conseguiu um trabalho para você.

Tia Pearl balançou a cabeça negativamente. — Não posso. Não vou comprometer a qualidade. Eu tenho padrões, sabia?

Eu não tinha ideia de que padrões de qualidade ela estava falando. Talvez outro trabalho fosse só estressante demais para ela. Westwick Corners era tão pequena que a maioria dos habitantes tinha mais de um emprego. Todos tínhamos que ser empreendedores porque a economia local praticamente não existia.

A família West não era diferente, pois todas ajudávamos a cuidar do Westwick Corners Inn e de nosso bar, o Ponto do Feitiço, além de outros trabalhos. Todas precisávamos de dinheiro extra para pagar as contas. Provavelmente fora por isso que tia Amber envolvera todas nós no filme.

Todas menos eu, claro. Eu me sentia um pouco desprezada por tia Amber não ter conseguido um trabalho para mim, mas, por outro lado, estava aliviada. A maioria das empreitadas da família West costumava dar errado. Eu poderia só assistir à distância.

Mesmo assim...

Por que não eu? Era porque eu não praticava feitiçaria o suficiente? Era verdade, eu abandonara a Escola de Encantamento de Pearl, mas punir-me por ser preguiçosa parecia algo extremo. Talvez tia Amber não achasse que eu era boa o suficiente, mas confiar em tia Pearl para trabalhar antes de mim era algo surpreendente e perturbador. Talvez fosse a forma de tia Amber me dar uma sacudida, mas a abordagem dura me deixou magoada.

Observei quando tia Pearl tirou alguns hambúrgueres queimados da grelha e colocou-os em um prato. Ela imediatamente colocou mais meia dúzia de hambúrgueres para assar.

— Talvez, no fim das contas, é melhor que você não trabalhe no filme. O que seus alunos farão? — A Escola de Encantamento de Pearl, onde ela ensinava feitiçaria, não tinha alunos e estava afundando, apesar das alegações contrárias de tia Pearl. Na verdade, todos os nossos negócios estavam com problemas sérios, incluindo o The Westwick Corners Weekly. O filme era a coisa mais importante na cidade em décadas e todos queriam... não, precisavam ser parte dele.

— Preciso de uma folga. Você sabe como fico entediada — retrucou tia Pearl. — Aqueles alunos testam minha paciência algumas vezes.

— E isso aqui é melhor? — Estudei minha tia grisalha. — Você está virando hambúrgueres em cima de uma grelha. E está se sentindo péssima.

— Não é melhor, Cendrine. É mais ou menos essa a ideia — disse tia Pearl. — O papel de efeitos especiais deveria me dar uma saída para minhas ideias criativas. Amber me prometeu controle criativo total. Ela disse que, se eu a ajudasse a conseguir que o filme fosse feito aqui, faria com que valesse a pena para mim. Depois ela me diminuiu, conseguindo um trabalho muito abaixo dos meus talentos e das minhas capacidades.

Fiquei tentada a perguntar exatamente como ela ajudara tia Amber a conseguir que a filmagem fosse feita em Westwick Corners, mas a discussão já se desviara do assunto.

— Você não pode usar feitiçaria. Nem fogo. — Eu tinha a péssima sensação de que a ajuda que tia Pearl dera tivera algumas condições. Às vezes, era melhor ficar na ignorância.

— Você sabe que eu não faria isso, Cendrine. — Tia Pearl moveu o lábio inferior em uma falsa careta e seu olho tremeu como sempre acontecia quando ela estava mentindo. — Sempre sigo as regras.

Mordi a língua, pois não queria começar uma discussão. Tia Pearl provavelmente forçara tia Amber a conseguir o trabalho de preparação ameaçando fazer coisa pior. O desapontamento dela só significava que poderíamos esperar algum tipo de vingança. Não estava claro exatamente qual seria a retaliação, mas todos tinham medo da "criatividade" de tia Pearl. Havia um limite muito tênue entre ceder às exigências dela e mantê-la longe de problemas. Não era surpresa o fato de tia Amber ter conseguido para ela o papel de assistente de preparação.

E também fora por isso que mamãe a colocara para cuidar do churrasco. Se tia Pearl brincaria com fogo, pelo menos seria supervisionada.

CAPÍTULO 2

Mamãe e eu relutantemente deixamos tia Pearl no trailer de comida enquanto cuidáramos do café da manhã no hotel. Era raro ter nosso hotel totalmente cheio como naquele dia. A maior parte do elenco e das equipes optara por acomodações mais modernas a uma hora de distância em Shady Creek, mas alguns decidiram ficar na cidade. Nossos hóspedes incluíam alguns VIPs e queríamos deixar uma excelente impressão. Esperávamos encorajar novas visitas e, talvez, conseguir alguma publicidade gratuita.

Gratinei queijo para as omeletes enquanto mamãe cortava os legumes. Estávamos começando a entrar em um ritmo bom quando uma voz estridente nos interrompeu.

— Como tiveram coragem de me deixar aqui sozinha? — A forma fantasmagórica de vovó Vi flutuou de um lado para o outro na cozinha. — Não gosto desses intrusos. O que eles estão fazendo aqui?

— Estão fazendo um filme, vovó. É só algo temporário. — Fiquei surpresa por tia Amber não ter contado a ela antes sobre o filme, mas, por outro lado, ela não avisara ninguém com muita antecedência.

— Não tenho alguns dias. Quero que se livrem de todas essas pessoas. — A aparição dela tremulou como sempre acontecia quando ela ficava muito chateada. Vovó nunca perdoara mamãe por ter transformado a casa da família em um hotel e aquilo só deixava as coisas piores.

— Você é um fantasma, vovó. Você tem todo o tempo do mundo. — Vovó agora ficava comigo na casa da árvore. Apesar de uma companheira de quarto fantasmagórica parecer uma situação ideal, era muito difícil morar com vovó Vi. Ela constantemente exigia minha atenção quando eu tinha visitas e reclamava de solidão quando estávamos apenas nós duas.

— Não precisa me lembrar disso o tempo todo. Pelo menos, deixe a casa como era antes.

Ela falava do hotel, em que nada mudara exceto pela presença dos hóspedes. — Precisamos ganhar dinheiro de algum jeito, vovó. Eles irão embora em breve. — Eu me senti mal, mas a necessidade financeira era mais importante que os sentimentos dela no momento. Ou aceitávamos hóspedes ou teríamos que mudar para uma cidade com oportunidades de trabalho.

— Em breve é alguns dias, o que é tempo demais para mim. Estou tentando ser paciente, mas eles já estão aqui há mais tempo do que o esperado. Para mim chega. É hora de fazer um espetáculo. — Ela flutuou na direção da porta que levava à sala de jantar do hotel.

Corri até a porta para bloqueá-la com meu corpo. — Espectro, vovó. Você é um espectro, não um espetáculo. Por favor, não vá lá. Prometo que compensarei você. — Olhei para mamãe, mas ela estava de costas para mim enquanto preparava o café da manhã.

— Você sabe que consigo atravessar você, Cen. — Ela flutuou a poucos centímetros do meu rosto. — Não me obrigue a fazer isso.

— Está bem. Por que não fazemos algumas infusões mais tarde? — O suborno era a única arma que eu tinha. Se as coisas não fossem como ela queria, vovó criava um caos. — Faz tempo que não fazemos isso.

A aura de vovó imediatamente passou para um amarelo feliz. — Eu adoraria. Faremos poções do amor e enfeitiçaremos todas essas pessoas do filme. — Ela riu como uma adolescente. — Pense só na confusão que criaremos!

— Parece divertido! — Minha voz saiu um pouco mais estridente do que o normal e torci para ter sido convincente. Eu não tinha a menor intenção de usar magia nas pessoas do filme sem o conhecimento delas, mas vovó Vi não precisava saber disso. — Talvez possamos fazer isso amanhã quando as coisas acalmarem um pouco.

Ela balançou a cabeça negativamente, bem devagar. — Não. Você precisa pensar em algo melhor do que isso. O que farei enquanto isso?

— Por que não escolhe alguns programas e filmes para assistir? Podemos fazer uma maratona de *A Feiticeira* hoje à noite. Só para nos inspirarmos. — Estendi a mão para bater de leve no braço dela, mas naturalmente eu a atravessei.

— É só o que tem a oferecer? Dificilmente vale a pena — respondeu vovó Vi. — Além do mais, não estou com humor para comédia. Na verdade, eu não me importaria nem um pouco de arejar um pouco as ideias e assustar algumas pessoas agora. Talvez eu crie meu próprio drama.

— Por favor, não faça isso, vovó. — Ergui a mão em protesto. Era óbvio de onde vinha a atitude arrogante de tia Pearl, mas também era claro que vovó Vi estava muito estressada. Abaixei a voz até um sussurro para que mamãe não me ouvisse. — Talvez possamos fazer um feitiço em Amber e Pearl. Você sabe, para que elas se deem bem.

— Hmmm. — Ela flutuou em direção ao teto, pensativa. Alguns segundos depois, surgiu a poucos centímetros do meu rosto. — É uma ideia muito boa, Cen. Você aprenderá algo novo e minhas filhas poderão se dar bem, para variar.

— Combinado — respondi. — Vou pegar algumas ervas no jardim e encontrarei você na casa da árvore mais tarde, hoje à noite. — Fazer infusões era a única parte da feitiçaria com a qual eu me sentia confortável, apesar de duvidar que houvesse uma poção forte o suficiente para amansar a personalidade forte das minhas tias. Pelo menos, aquilo pareceu satisfazer vovó Vi por enquanto.

— Tchau. — A imagem de vovó Vi desapareceu.

Voltei os pensamentos para tia Pearl. Deixá-la sem supervisão perto das pessoas do filme era arriscado, mas não tínhamos muitas opções. Pelo menos, ainda era de manhã cedo, um momento em que ela normalmente estava com um humor mais civilizado e era menos provável que inventasse alguma coisa. O churrasco satisfizera as necessidades de fogo que ela tinha por enquanto.

Precisávamos de duas pessoas no hotel, uma para cozinhar e a outra para servir o café da manhã. Eu optara por servir por um motivo maior, que era conseguir entrevistas com alguns dos hóspedes mais famosos. Talvez, apenas talvez, um de meus artigos chamasse a atenção dos leitores e eu conseguisse ganhar algum dinheiro. Eu tinha vários artigos planejados sobre a filmagem e de histórias das estrelas. Só precisava conhecer algumas delas enquanto servia o café da manhã.

O que eu queria mais do que qualquer outra coisa era conhecer Steven Scarabelli, o lendário produtor que estava hospedado no hotel. Mas ainda não era a hora. No fim das contas, eu não o encontrei por uma questão de minutos, pois ele decidira não tomar o café da manhã e partira para o local da filmagem enquanto cozinhávamos.

Felizmente, mamãe e eu não demoramos muito para servir os hóspedes e logo estávamos de novo a caminho do trailer de comida. A rua principal estava muito movimentada e mais prédios tinham sido pintados enquanto estivéramos fora. As novas fachadas contrastavam muito com as ruas laterais. Nelas, os prédios negligenciados continuavam com a tinta descascando das fachadas de madeira.

Senti uma onda de esperança, satisfeita porque o filme já dera uma nova vida a Westwick Corners, apesar de a filmagem ainda não ter iniciado. A população da cidade passara de milhares para poucas centenas na década anterior e a falta de empregos afastava os jovens assim que terminavam a escola. Alguns iam para Shady Creek, que ficava ali perto, e outros iam para Seattle. Mas o filme poderia reverter essa maré. Agora, nossa sorte estava prestes a mudar para melhor.

Se as pessoas do filme gostassem da cidade, elas voltariam. Poderíamos até nos transformar em algo parecido com Hollywood do Norte. O filme era uma grande explosão econômica, uma oportunidade de ouro que caíra em nosso colo. Um filme poderia levar a outro e trazer consigo empregos e dinheiro. Bruxas conseguiam fazer muitas coisas, mas não podíamos conjurar dinheiro. O sucesso seria nosso desde que não o estragássemos.

Fui arrancada dos meus pensamentos quando nos aproximamos do trailer. Um clarão vermelho chamou minha atenção. Era tão forte que refletia no trailer branco e tive que proteger os olhos. Ao chegar mais perto, vi sua origem. Uma loira platinada com um vestido vermelho justo estava parada em frente ao trailer.

No começo, achei que fosse uma das atrizes, mas, ao chegarmos mais perto, vi que não. Senti um aperto na boca do estômago.

Mamãe também viu. — Ai, não! Falei para Pearl que Carolyn não era bem-vinda aqui. Por que ela sempre tem que arruinar tudo?

Eu não tinha uma resposta. Carolyn Conroe era o alter ego de tia Pearl, uma criação inspirada em Marilyn Monroe em que minha tia se transformava sempre que queria atenção. Especialmente atenção masculina.

Tia Pearl alegava odiar os homens, mas, ao mesmo tempo, parecia viver uma fantasia estranha com Carolyn Conroe. Eu sentia vergonha de assistir, apesar de todos os outros não parecerem notar os truques dela.

O vestido justo acentuava suas curvas enquanto ela equilibrava um prato com uma pilha grande de hambúrgueres. Ela parecia entoar um canto de sereia para a longa fileira de admiradores que andavam quase como zumbis em direção ao trailer. Contei pelo menos duas dúzias, nenhum deles local, e supus que fossem parte da equipe de filmagem. Duvidei que houvesse muito trabalho sendo feito naquele momento.

Carolyn deixara a equipe inteira de filmagem parada, usando como isca a carne assada e os cabelos loiros. Se queríamos impressionar o alto escalão de Hollywood, tínhamos que evitar interrupções como aquela. Nosso futuro dependia de o filme sair sem problemas.

Ao nos aproximarmos, olhei bem para os admiradores de Carolyn. Alguns praticamente babavam ao olhar para ela, como se estivessem em transe. — Pelo menos, sabemos o que ela está aprontando.

— Verdade — disse mamãe. — E, assim, podemos mantê-la longe de Amber. A competitividade delas pode sair do controle e arruinar tudo.

Assenti. Um concurso de beleza sobrenatural era a última coisa de que precisávamos, com cada irmã tentando superar a outra. Era principalmente tia Pearl quem instigava tudo. Ela se ressentia do fato de a irmã mais nova ser mais bonita e ter uma carreira muito mais bem-sucedida.

Fiquei surpresa por tia Pearl ter a ousadia de usar Carolyn Conroe com tia Amber por perto. Tecnicamente, a mudança de forma era uma violação das regras da WICCA. Havia pouquíssimos casos em que uma bruxa tinha permissão para personificar alguém, real ou imaginário. Apesar de tia Pearl constantemente quebrar as regras, ela já tinha duas violações do máximo de três devido a um incidente alguns meses antes. Como vice-presidente da WICCA, tia Amber seguia as regras rigorosamente. A última coisa de que precisávamos era um espetáculo.

— Vou procurar tia Amber. Preciso falar com ela. — Olhei para a rua e fiquei aliviada ao não ver sinais dela. Pelo menos, eu conseguiria procurá-la antes que ela visse Carolyn.

Carolyn estava sentada a uma das mesas na área dos clientes, com uma pose sugestiva, mostrando um pouco da perna pela abertura do vestido de noite.

Eu não poderia deixar mamãe sozinha com ela daquele jeito.

O número de mesas dobrara enquanto estivéramos longe, obviamente mais um truque mágico de tia Pearl com a intenção de atrair os homens. Elas estavam cheias de hambúrgueres, sanduíches, saladas e bebidas geladas. Alguns dos homens se serviam, mas a maioria só estava parada observando Carolyn com olhar maravilhado, sem saber que tinham sido enganados. Ao pensar no assunto, percebi que aquilo era algo extraordinário, pois a equipe do filme via atrizes deslumbrantes de Hollywood o tempo inteiro.

Andei até a mesa de Carolyn e passei o braço no dela. Em seguida, afastei-a dos admiradores. — Por que está fazendo isto? Você está atrapalhando a programação da filmagem.

A boca carmesim de Carolyn formou um O inocente quando ela encostou os dedos nos lábios. — Não estou fazendo nada. Não é culpa minha se aqueles homens estão com fome.

— Eles não estão com fome. Eles... deixe para lá. — Eu a encarei friamente. — Você não me engana, tia Pearl. Sei o que está tentando fazer.

— Pare de me chamar assim, meu nome é Carolyn. E não faço a menor ideia do que você está falando. — Ela afofou os cabelos platinados com a mão. As unhas tinham exatamente o mesmo tom de vermelho que o batom e o vestido. — Ah, entendi. Você deve ter falado com Amber. Agora não posso nem cozinhar? Ela obviamente está com ciúmes e preocupada que eu seja melhor.

— Não, ainda não encontrei com tia Amber, mas duvido que ela tenha ciúmes de você. Agora, volte à sua forma normal antes que eu faça algo drástico.

— Ah, pare de reclamar, Cendrine. Deixe-me ter um pouco de diversão para variar. Pelo menos, você tem um emprego adequado.

Mamãe saiu do trailer, percebendo que havia problemas. Ela se sentou ao lado de Carolyn de forma que só eu conseguia ver sua expressão. Ela revirou os olhos, mas não disse nada.

Eu sabia que não podia cair em uma das técnicas de distração de tia Pearl, mas não consegui evitar. — Por que subitamente você acha que meu emprego é adequado? Você disse que meu jornal era um emprego destinado a morrer.

— Ele está destinado a morrer como a sua vida. — Carolyn deu de ombros. — Você não tem ambição para nada maior. Não pratica feitiçaria, aceitou aquele delegado ruim como namorado e gosta de se fazer de difícil. Você já deveria saber disso, mas vou repetir: você só colhe o que planta.

Como se a tivesse ouvido, vi o delegado Tyler Gates andando rapidamente na nossa direção. Ao se aproximar, vi que meu namorado, normalmente calmo, estava furioso. O sorriso normal fora substituído por uma careta. Ele não era o único estressado naquele dia.

Virei-me para tia Pearl, com o rosto vermelho de raiva. — Só porque não quero ir à Escola de Encantamento de Pearl, isso não me transforma em uma semimorta. Suas distrações também não funcionarão. Você sabe como esse filme é importante para a cidade inteira. Não pode ser você mesma para variar?

— Não, assim não... — Mamãe parou no meio da frase quando as chamas subiram na churrasqueira.

— Ai, meu Deus — disse Carolyn, colocando a mão sobre a boca. — Socorro!

Eu a afastei da churrasqueira quando as chamas subiram alguns metros. — Tia Pearl!

— Eu lhe disse para não me chamar...

Eu a ignorei e puxei-a para longe. — Você vai acabar incendiando a cidade inteira.

Dois dos homens que estavam por perto tiraram a camiseta e correram para a churrasqueira. Juntos, eles apagaram as chamas.

— Ai, meu Deus! — gemeu tia Pearl na melhor imitação de Scarlett O'Hara.

Um dos homens correu para perto de Carolyn. — Você está bem? — Ele colocou um braço protetor em volta dela e levou-a para longe.

— E nós? — Mamãe se virou para mim.

— Acho que somos invisíveis. — Estudei os restos queimados do churrasco, imaginando quantas vezes aquilo aconteceria durante o dia.

— Claro que não. — Tyler colocou o braço sobre os meus ombros. Ele sabia do segredo de nossa família, o que tornava ser uma bruxa um pouco mais fácil. — Mas acho que você deveria encontrar um novo trabalho para Pearl. Algo sem acesso a combustíveis.

Mamãe balançou a cabeça. — Não sei o que fazer, Tyler. Ela se recusa a fazer o trabalho que Amber conseguiu e não pode trabalhar comigo se for estragar a comida. A forma como ela incendiou a churrasqueira...

— Deixe comigo. Vou pensar em alguma coisa — disse eu. — E também ficarei de olho nela.

— Ótimo — disse Tyler. — Porque Brayden está me observando como uma águia. E ele prometeu arrancar minha cabeça se alguma coisa der errado. — Brayden Banks era o prefeito da cidade e meu ex-noivo. Ele se ressentia do fato de eu e Tyler estarmos namorando e constantemente procurava qualquer desculpa para demiti-lo.

— Ele só quer arrumar confusão. — Senti pena de Tyler. Ele não tinha como ganhar aquela luta. Se houvesse algum problema durante a gravação do filme, Brayden encontraria uma forma de culpar Tyler. Se fosse um sucesso, Brayden levaria todo o crédito.

Voltei a atenção para tia Pearl e a falta de trabalho dela. Eu precisava mantê-la ocupada, mas como? Uma bruxa experiente como tia Pearl poderia causar muitos danos e seus truques impediriam que mais filmes fossem para Westwick Corners no futuro. Aquilo não seria bom para nenhum de nós.

Considerando o cenário completo, a ideia de tia Amber de um trabalho no local de filmagem provavelmente era a melhor opção, algo importante por causa do pavio curto de tia Pearl. Eu poderia supervisioná-la e, ao mesmo tempo, assistir à filmagem. Os preparadores também tinham interação limitada com outras pessoas. Eu só precisava convencer tia Pearl de que o trabalho era tão importante quanto o papel principal de tia Amber.

— Vou falar com tia Amber — disse eu. — Tenho certeza de que pensaremos em algo.

Afinal, poderíamos combater fogo com fogo.

CAPÍTULO 3

Não consegui afastar uma ligeira sensação de traição ao observar tia Pearl andar lentamente para casa pela rua. Depois de lançar um feitiço de esquecimento para apagar a memória de curto prazo, eu a enviei para a Escola de Encantamento de Pearl em uma atividade inexistente. Isso me daria um pouco de tempo para encontrar tia Amber e conseguir de volta o trabalho de assistente de preparação de tia Pearl.

Só que, desta vez, eu plantaria uma lembrança falsa de que a ideia fora, na verdade, de tia Pearl. Senti-me um pouco culpada, mas só até me lembrar de que tia Pearl fazia isso comigo o tempo inteiro. Ela tinha uma opinião horrível sobre minhas habilidades com feitiçaria. Apesar de eu me considerar uma bruxa relutante, tinha praticado secretamente nos meses anteriores. Finalmente começava a compensar.

O feitiço de esquecimento era complicado porque todas as pessoas envolvidas também precisavam ser enfeitiçadas. Os admiradores de minha tia agora se lembravam de chegar ao trailer, mas de tê-lo encontrado vazio, sem ninguém por perto. Era um feitiço interme-diário difícil e que eu só praticara poucas vezes. Eu não o executara com perfeição, mas chegara bem perto.

Eu acabara de ser melhor que uma bruxa experiente com um feitiço meu. Não era preciso dizer que eu me sentia muito orgulhosa de mim mesma.

Meu feitiço apagara os últimos dez minutos da vida dela. As mesas de comida, os homens... tudo desaparecera. Até mesmo Carolyn desaparecera. Tia Pearl também mudara espontaneamente para sua forma normal. A única prova remanescente da carnificina dos hambúrgueres era o churrasco queimado, coisa que mamãe poderia consertar rapidamente. Tia Pearl ficaria orgulhosa de mim... e furiosa por ser o alvo do meu feitiço.

Às vezes, tia Pearl agia como uma garotinha de dois anos no corpo de uma velha de setenta anos. O alter ego de Carolyn era apenas tia Pearl criando problemas. A preocupação era que ela atraísse atenção demais dos hóspedes como Carolyn ou que os afastasse como ela mesma.

Talvez eu devesse ter previsto o tédio dela, já que eu e mamãe tínhamos assumido temporariamente seu trabalho no hotel, deixando-a com tempo demais nas mãos. Tempo demais para se meter em encrencas. E tempo demais para remoer o papel de tia Amber no filme. Não era de surpreender que estivesse chateada. Eu sentia que parte disso era culpa minha.

Decidi pegar uma xícara de café do trailer antes de ir para o local da filmagem. Eu tinha acabado de me virar quando senti uma onda de ar nas costas.

— Cendrine! — Tia Amber subitamente se materializou à minha frente, bloqueando meu caminho até uma xícara de cafeína muito necessária. Os cabelos ruivos estavam puxados para trás, expondo um par de brincos de diamante que pareciam caros e um colar combinando com eles. Mesmo com o vestido de seda, ela tinha todo o glamour de uma estrela do cinema dos anos 1950.

Exceto que o filme era de faroeste dos anos 1900. Os diamantes e os saltos altos pareciam totalmente inadequados para as ruas cheias de poeira. — Você não deveria estar se aprontando para sua cena?

Ela fez um gesto de indiferença com a mão. — Preciso muito de sua ajuda. Não consigo encontrar minha assistente.

— Que pena. — Decidi desistir do café e ir para o local de filmagem. Passei por cima de cabos elétricos ao observar a rua, meio que esperando que uma carruagem da Cinderela, puxada por cavalos, aparecesse para resgatar tia Amber. Por sorte, nada disso aconteceu, mas alguns dos homens do drama do churrasco de Carolyn andavam por ali. Eles não pareceram nos notar.

— Talvez tia Pearl possa ajudar você. Ela deverá estar de volta a qualquer momento.

Tia Amber fez um som de desprezo. — Você não pode estar falando sério. Ela não tem a menor atenção. Preciso de alguém que preste muita atenção aos detalhes. Alguém em quem eu possa confiar para fazer um bom trabalho.

Olhei em volta. — Vou ficar de olho na sua assistente.

— Alguém como você. — Tia Amber colocou uma pilha de vestidos nos meus braços, quase derrubando-me. — Leve essas coisas para o meu trailer. Precisarei delas passadas e prontas em uma hora.

— Desculpe, tia Amber. Não tenho tempo. — Tentei devolver os vestidos, mas ela os empurrou de volta com mais força. Cambaleei por um momento antes de recuperar o equilíbrio. Eu a empurrei com toda a força, mas ela não saiu do lugar.

— Arranje tempo, Cendrine. Isso é importante.

— Tenho certeza de que sua assistente aparecerá cedo ou tarde. — Pelo menos tia Amber não usara os poderes de bruxaria para passar os vestidos. Virei-me na direção do trailer de comida, mas ela bloqueou meu caminho.

— Não tenho tempo para isto. Pegue-as de volta. — Ela acenou com a cabeça na direção dos trailers.

Levantei os braços em protesto, mas ela simplesmente os empurrou de volta para baixo. Os vestidos longos eram feitos de lã grossa e incrivelmente pesados. Cambaleei para trás por causa do peso.

— Prometi à mamãe que a ajudaria com a limpeza do café da manhã. — Eu me senti culpada por mentir, mas não tinha tempo nem inclinação para ser assistente de tia Amber. Ela nunca aceitava não como resposta. No minuto em que eu dissesse sim, ela me atribuiria dezenas de tarefas igualmente desagradáveis. Eu precisava manter a posição.

— Pare de choramingar, Cen. Somos bruxas. Basta lançar um feitiço.

— Você poderia fazer o mesmo — retruquei. O vestido no topo era largo, com várias camadas. Além de ser inacreditavelmente pesado, eu mal conseguia ver à minha frente. Sempre que eu empurrava o vestido para baixo, ele subia novamente. Firmei o corpo e coloquei os vestidos sobre o ombro para que pelo menos conseguisse ver por onde andava.

Olhei em volta, procurando alguém a quem pudesse entregar as roupas de tia Amber, mas todos me ignoraram enquanto corriam de um lado para o outro como formigas. Eu ainda estava incomodada com a forma como uma bruxa de sessenta e poucos anos, sem experiência alguma como atriz, conseguira o papel principal em um filme grande de Hollywood. Havia algo esquisito e eu não estava gostando muito.

— Só resolva para mim, ok? Preciso me aprontar para a cena do roubo. — Ela olhou para mim friamente e arrumou o cinto do vestido.

— Você não pode ir embora assim — retruquei. — Você precisa ir mesmo ao trailer para se trocar, por que não pode levar os vestidos? Além do mais, nem sei onde é o seu trailer.

Tarde demais. Tia Amber correu para trás de um prédio e sussurrou baixinho. Segundos depois, saiu do esconderijo vestindo um vestido azul longo dos anos 1900 com um colarinho alto. As joias de diamante desapareceram, mas agora ela usava um vestido elaborado azul e branco e carregava uma sombrinha com as mesmas cores. Ela imediatamente entrou nas portas do velho prédio do banco sem dizer mais uma palavra.

Meus braços doíam, mas eu não podia simplesmente largar os vestidos no meio da rua. Eles pareciam caros e eu não queria que fossem danificados. Talvez pudesse entregá-los a alguém que conseguisse um lugar para mantê-los seguros. A assistente de tia Amber apareceria cedo ou tarde.

Eu precisava das mãos livres para conseguir uma história ou talvez até mesmo uma dezena delas antes que a filmagem terminasse. Minha preocupação era que, assim que o feitiço de tia Amber acabasse, tudo terminaria tão subitamente como começara. Os executivos do filme obviamente tinham sido enfeitiçados para considerar a filmagem na nossa cidade quase fantasma. As estrelas e as equipes de filmagem iriam embora e voltaríamos à nossa vidinha de sempre. Eu precisava entrevistar as estrelas antes que percebessem o erro, fizessem as malas e fossem embora.

Eu queria especialmente conseguir uma entrevista com o ator principal. Uma pilha de histórias sobre a filmagem talvez mantivesse o *The Westwick Corners Weekly* vivo. Eu só precisava de algumas boas histórias para virar o jogo.

Mas, para isso, eu precisava de mobilidade, o que significava me livrar dos vestidos. Meu humor melhorou quando me aproximei dos trailers no lado oposto do local de filmagem. O trailer de tia Amber não devia ser muito longe.

— Precisa de ajuda? — Um homem com trinta e poucos anos sorriu para mim e gesticulou na direção dos vestidos.

Aceitei com prazer e coloquei os vestidos nos braços dele. — Obrigada. Eu deveria levá-los ao trailer de Amber West.

— Amber West? — O homem franziu a testa. — Não reconheço o nome.

— Alta, magra, ruiva, cerca de sessenta anos? — *A bruxa que organizou essa filmagem maluca.*

Ele franziu a testa novamente, com uma expressão confusa no rosto.

A co-estrela, eu quis dizer, mas fiquei quieta. Talvez ela tivesse mentido ou exagerado. Quem sabia o que era real e o que não era?

— Amber West... ah, sim, certo, agora lembrei. — Ele acenou com a cabeça na direção de outro grupo de trailers estacionados mais adiante na rua principal, no estacionamento. — O trailer dela fica para lá. Venha, vou mostrar a você.

Eu o segui, confusa com a falta de familiaridade dele com tia Amber, considerando que ela era a atriz principal e tudo o mais. Por outro lado, a filmagem fora uma coisa de última hora, de acordo com mamãe. Tia Amber só fora escolhida para o papel no dia anterior, depois que a atriz principal anterior se retirara.

Fui com ele até os degraus de um trailer certamente menor e mais velho do que os outros ao lado. O nome de tia Amber estava escrito em uma placa pequena presa à porta. Com certeza não dava a impressão de uma estrela e não havia sinais de uma assistente. O trailer estava vazio.

— Aqui estamos. — O homem colocou as roupas sobre a mesa dobrável da cozinha e estendeu a mão. — Desculpe, não me apresentei. Sou Rick Mazure, o roteirista.

Apertei a mão dele. — Uau, você escreveu *High Noon Heist*? E *Midnight Heist*?

Ele assentiu.

— Sou Cendrine West, repórter do *The Westwick Corners Weekly*. — Omiti o fato de também ser editora, gerente de publicidade e diretora de café. — Obrigada por me trazer aqui. Eu não sabia que seria uma caminhada de dois quarteirões.

— Não foi incômodo nenhum. Tenho certeza de que você encontrará muitas histórias interessantes, aqui e fora do local de filmagem — disse Rick. — Eu a ajudaria a começar, mas estou atrasado. Tenho prazo para alguns retoques de última hora no roteiro e algumas pessoas aqui ficam meio irritadas se as coisas não são terminadas para ontem.

Sorri. — Sei exatamente o que quer dizer. — Eu não tinha planos de esperar tia Amber e segui-o para fora, observando-o enquanto caminhava rapidamente de volta. Eu queria evitar conversas ligeiras e tinha certeza de que ele também. Esperei até que ele estivesse a meio quarteirão de distância e fui para a mesma direção.

Meu escritório ficava perto da prefeitura e do trailer de comida, portanto, a forma mais rápida de chegar lá era cortar caminho pelo local de filmagem. Se eu tivesse sorte, talvez encontrasse uma das estrelas e conseguisse uma entrevista.

Westwick Corners fora transformada em uma cidade do velho oeste do começo do século XX. Ou, pelo menos, a versão de Hollywood dela. A equipe de filmagem se multiplicara na hora anterior até o ponto em que havia muitos carros velhos, cavalos e roupas de época. Apesar de eu ter adorado os prédios recém-pintados, sentia um pouco de falta do esplendor anterior da cidade. Era como uma calça *jeans* velha, que ficava gasta e esfiapada nos lugares certos. Subitamente, Westwick Corners parecia uma versão estranha e estéril de si mesma.

O estacionamento pequeno do supermercado em frente ao banco estava cheio de equipamentos e pessoas, que posicionavam cabos, instalavam iluminação e posicionavam acessórios de cenário. Cerca de uma dezena de homens e mulheres em roupas de época estava misturada com a equipe. Os homens usavam chapéus e as mulheres vestiam vestidos longos alarmantemente estreitos na cintura.

Vi tia Amber no mesmo instante em que ela me viu. Ela trocara de roupa novamente, desta vez para um dos vestidos de época que eu acabara de deixar no trailer. Bruxaria, obviamente. Para alguém com cargo tão alto na WICCA, ela certamente estava brincando com as regras. Fiquei imaginando quantas ela quebrara para conseguir aquele papel.

— Cendrine! Ajude-me com o texto. — Ela correu na minha direção, segurando a saia para que não arrastasse na rua empoeirada.

— Eu lhe disse, estou atrasada para ajudar mamãe. — Abaixei a voz. — Você é uma bruxa, consegue memorizar o texto em um estalar de dedos. — Estalei os dedos como ênfase.

— Grandes atores não memorizam o texto. Eles se transformam no personagem. — Ela fungou. — Cada gesto, nuance e inflexão é essencial. Preciso que você me critique. Sou a personagem feminina principal e tenho que fazer tudo certo.

— Não sou especialista nisso, tia Amber. Talvez um dos outros atores possa ajudá-la. Além do mais, preciso mesmo ir. — Eu queria acrescentar que ela não deveria ter esperado até a última hora para ensaiar o texto, mas não queria que ficasse brava comigo.

Tia Amber suspirou. — Está bem. Mas pelo menos venha comigo para conhecer Steven. — Ela ajeitou os cabelos com a mão. — Ele ficou tão feliz quando o convenci a filmar aqui. Especialmente porque a atriz principal morreu subitamente e ele ficou desesperado. Ele quer que eu ocupe o lugar dela.

— Espere... ela morreu? Achei que ela tinha desistido. — Eu não fazia ideia de que tia Amber conseguira o papel porque alguém morrera. Tia Amber como substituição da atriz principal já interessaria os moradores da cidade, já que ela nascera em Westwick Corners. A morte da predecessora dela deixava as coisas ainda mais intrigantes.

Tia Amber fez um gesto de indiferença com a mão. — É uma longa história que não importa agora. O importante é que Steven percebeu que eu tenho talento. Ele vai me transformar em uma estrela!

Olhei em volta para as pessoas que corriam de um lado para o outro. Não vi Steven Scarabelli nem ninguém mais supervisionando as atividades. Todos pareciam saber exatamente o que fazer, como se tivessem feito tudo uma centena de vezes antes. — Westwick Corners parece um lugar tão barato para ele.

Eu não era grande conhecedora do setor cinematográfico, mas sabia que Steven Scarabelli era um figurão. Os filmes dele não eram tão populares quanto tinham sido uma década antes, mas ainda eram vencedores de Oscars e Globos de Ouro. Steven era um figurão de Hollywood pelos padrões de qualquer pessoa e os atores pareciam adorar trabalhar com ele.

— Foi um dos motivos pelos quais ele a escolheu. Disse que era muito... autêntica. — Tia Amber segurou minha mão. — Venha comigo e eu a apresentarei a ele.

CAPÍTULO 4

*D*ez minutos depois, sentei-me ao lado de tia Amber no trailer onde ficava o escritório de Steven Scarabelli. Eu estava maravilhada com o lendário diretor e produtor de Hollywood, mas o homem à minha frente parecia tão comum, nada parecido com um ícone. A expressão cansada também fazia com que ele parecesse muito mais velho que o homem que eu vira na televisão. Ele parecia precisar de um longo descanso.

Ele se levantou e inclinou-se sobre a mesa. Em seguida, apertou minha mão e abriu um sorriso amigável. O traje casual, camiseta de algodão branca com *jeans* escuro, fez com que ele parecesse mais um membro da equipe do que um diretor e produtor importante de Hollywood.

— Bem-vindo a Westwick Corners. — Era algo banal, mas eu não sabia o que mais dizer. Se havia uma cidade com síndrome de impostora, era a nossa, escondida atrás de uma nova camada de tinta. Eu tinha certeza de que Steven Scarabelli cairia na real a qualquer momento e cancelaria tudo. Não éramos material para Hollywood.

— É ótimo estar aqui. Eu nunca teria descoberto esta pequena pedra preciosa se não fosse por Amber. Sua tia e eu nos conhecemos há muito tempo. — Ele acenou com a cabeça para tia Amber.

Tia Amber sorriu. — Esse filme colocará nossa cidade de volta no mapa, Cen. *High Noon Heist* será ainda maior do que os filmes anteriores. É garantido que Steven e seus investidores ganhem uma bolada.

— Estou contando com isso. — Steven Scarabelli empurrou um contrato na direção de tia Amber. — Aqui está o contrato final para que você assine. Todos os outros assinaram, exceto Dirk, que deverá chegar a qualquer momento. Quando eu pegar a assinatura dele, estará tudo certo para continuarmos.

Fiquei de boca aberta. O último filme de sucesso de Steven Scarabelli estrelara um dos maiores atores de Hollywood. — Dirk... o Dirk Diamond? Ele está vindo para o seu trailer? — Os homens adoravam os filmes de Dirk Diamond por causa das tramas cafonas. As mulheres adoravam os filmes dele por causa de... bem, Dirk Diamond.

Steven deu uma risada. — É melhor ele chegar logo antes que eu fique em apuros.

Fiquei surpresa por Steven ainda não ter garantido os atores com os contratos assinados. Mas, como aquele filme era apenas uma continuação, talvez fosse só uma formalidade. Ou talvez as coisas fossem mais informais em Hollywood. Eu duvidava disso, mas não conhecia o ramo.

Virei-me para tia Amber. — Dirk vai ficar na cidade? — O que eu realmente estava perguntando era se ele seria um de nossos hóspedes no Westwick Corners Inn. Eu não vira o nome dele nos registros, mas muitas estrelas se registravam com nomes falsos para manter o anonimato.

— É claro — disse ela. — Steven também ficará conosco, bem como alguns outros membros do elenco. Os demais ficarão em Shady Creek. — Ela assinou o contrato e empurrou-o sobre a mesa para Steven com um sorriso. — Pronto, sou toda sua.

Steven sorriu. — Fiz o *check-in* na sua propriedade na noite passada. É um lugar adorável.

Nosso hotelzinho confortável não era nada parecido com um hotel sofisticado de Beverly Hills. Provavelmente era algo muito mais modesto do que Steven costumava ter e foi muito simpático da parte dele nos elogiar. Eu só esperava que ele não se decepcionasse. As acomodações luxuosas mais próximas ficavam a uma hora de distância em Shady Creek. Supus que a conveniência fora mais importante do que o luxo.

— Nossa cidadezinha ficará famosa, Cen! — Amber se levantou e acenou para que eu a seguisse. — Vamos, vou lhe mostrar o local das filmagens.

Imaginei fãs de cinema fazendo peregrinações a Westwick Corners, gastando dinheiro e hospedando-se em nosso hotel. Segui minha tia até o lado de fora, feliz ao ver que o humor dela melhorara. Paramos rapidamente para não colidir com uma morena miúda. Pedi desculpas quando ela passou e entrou no trailer de Steven.

Apontei para ela empolgada. — Aquela é Arianne Duval! Outra estrela de Hollywood!

Tia Amber bateu na minha mão para que eu a abaixasse. — Não aponte, Cen! Você está me constrangendo na frente dos meus colegas.

Virei-me para tia Amber. — Como exatamente você conseguiu esse papel principal no filme? Você nunca teve aulas de teatro nem nada.

— Steven disse que eu tenho um talento natural. Foi por isso que ele me escolheu para contracenar com Dirk.

Fiquei de boca aberta, atônita. Até onde eu sabia, tia Amber nunca se apresentara em público. — Você o enfeitiçou, não foi?

Tia Amber não respondeu.

— Você sabe que não conta, a não ser que aconteça naturalmente.

— É natural. Steven viu minhas habilidades naturais. — Tia Amber fungou e virou-se, indicando que a conversa terminara.

Fiquei imóvel ao perceber Dirk Diamond andando em nossa direção. Os cabelos castanhos estavam grisalhos nas têmporas e ele era mais baixo do que eu esperava, mas ainda assim era incrivelmente bonito. Ele vestia uma camisa tradicional, botas de caubói e calça *jeans*.

Uma mulher com sapatos de saltos muito altos andava ao lado dele. O vestido florido dela estava coberto por um casaco de linho branco abotoado na cintura. Os cabelos escuros estavam presos em um coque frouxo. Ela não estava vestida a caráter e supus que não fosse parte do elenco. — É ele! É...

— Dirk Diamond — disse tia Amber, terminando minha frase. — Ele vai contracenar comigo. Aquela mulher é a agente dele, Kim Antonelli.

— Não acredito nisso. — Sempre pensei em estrelas do cinema como pessoas comuns e era divertido ver as pessoas agindo como bobas em frente aos ídolos. Ainda assim, lá estava eu, embasbacada em frente a uma estrela. Dirk Diamond tinha uma presença forte, mesmo fora das telas. Senti-me atraída para ele como um ímã.

Sorri como uma idiota, sem saber o que dizer.

— Olá. — Ele piscou e sorriu para mim antes de se virar para tia Amber. — Vejo você daqui a pouco, Amber. — Ele acenou e passou por nós para entrar no trailer de Scarabelli.

— Dirk Diamond acabou de piscar para mim! — A ideia de tia Amber contracenar com uma superestrela como Dirk Diamond desafiava a lógica. — Você usou magia. De alguma forma, enfeitiçou todo o elenco e a equipe para que pensem que você é uma estrela.

— É claro que sou uma estrela. Está duvidando de minhas habilidades?

— Como exatamente você foi "descoberta"? — Fiz um gesto de aspas com as mãos. Tinha que ter mais alguma coisa naquela história. Sempre havia quando uma bruxa estava envolvida.

— Steven e eu nos conhecemos há muito tempo. Ele sempre me disse que eu deveria atuar, que tinha carisma. — Tia Amber deu de ombros. — Ele perdeu a atriz principal no último instante. Amigos ajudam amigos. Não importa como tudo se ajustou, só que sou parte do filme.

Não acreditei muito na versão dela. — Por que agora, depois de todos esses anos? Você nunca se interessou em atuar.

— Steven ficou desesperado quando Rose morreu subitamente. Só estou querendo ajudá-lo. Levaria uma eternidade para que ele fizesse entrevistas e negociasse um novo contrato. Steven não podia ter atrasos nem procurar um novo talento. Ele já estourou o orçamento do filme. Portanto, eu me ofereci.

— Rose? Rose quem?

— Rose Lamont.

Soltei uma exclamação. — A esposa de Dirk Diamond? Quando isso aconteceu? — Eu não vira nenhuma notícia sobre o assunto e Dirk não parecia nem um pouco pesaroso. Por outro lado, ele era ator e sabia como mascarar as emoções. Virei-me a tempo de vê-lo entrando no trailer de Steven.

— Há cerca de uma semana. Rose Lamont teve um aneurisma cerebral. Dirk manteve o assunto em segredo. Ainda nem foi noticiado. Ela só tinha trinta e sete anos. Foi uma pena.

— Dirk não parece muito triste — disse eu. — Fico surpreso por não adiarem as filmagens por causa da morte recente dela. — Eu também estava incomodada pelo fato de a mudança de local para Westwick Corners ter sido de última hora. Havia alguma conexão? De qualquer forma, parecia muito suspeito. Uma estrela estava morta e a outra estrela, o cônjuge, continuava a trabalhar como se nada tivesse acontecido.

— Dirk, uma alma corajosa, decidiu continuar — disse tia Amber. — Depois de conversar um pouco comigo, é claro.

— Você estava lá quando isso aconteceu? — Rose Lamont era jovem, atlética e a representação da saúde. Aneurismas eram raros, mas aconteciam muito com pessoas aparentemente saudáveis. Ainda assim, o momento parecia suspeito e eu tinha que ter certeza de que tia Amber não tivera envolvimento algum, nem mesmo indireto.

— É claro que não! Cen, você está insinuando que eu fiz algo sinistro para conseguir esse papel? Estou completamente insultada. — Ela balançou a cabeça. — Eu estava em Londres e tenho testemunhas para provar.

Antes que eu conseguisse responder, ouvimos gritos no trailer de Steven.

Virei-me rapidamente.

As vozes de Steven e Dirk ecoaram pelo lugar quando eles chegaram à porta do trailer. Eles discutiam sobre o contrato. Kim estava do lado de fora e fazia uma careta cada vez que a voz de Dirk aumentava.

Franzi a testa. — Se ela é agente dele, não deveria estar dentro do trailer negociando?

Tia Amber não respondeu.

Dirk desceu rapidamente os degraus e virou-se para Kim. — Vamos embora.

Kim o seguiu por alguns metros e parou subitamente. Ela se virou e encarou Steven, que descia a escada atrás de Dirk. Ela estendeu as mãos viradas para cima. — Lamento muito, Steven.

— Vamos, Kim. Você não tem mais nada a dizer a ele. — O rosto de Dirk estava vermelho de raiva. — Vamos embora.

Kim seguiu Dirk como se fosse uma cachorrinha escorraçada, com expressão de dor no rosto.

Steven correu atrás dos dois. — Você não pode fazer isso comigo, Dirk.

— Há algo de errado — sussurrou tia Amber. — Dirk deveria assinar aquele contrato. Acho que isso não aconteceu.

Kim segurou o braço de Dirk e puxou-o para que parasse a poucos metros de nós. — Você está cometendo um erro, Dirk. Você já deu a Steven a aprovação verbal. Quer mudar alguns termos? Deixe-me conversar com Steven e ver o que consigo.

Steven Scarabelli estava parado ali perto, sem saber se continuava correndo atrás dos dois ou se voltava para o trailer.

— Não me diga o que fazer, Kim. — Dirk puxou o braço que ela segurava. — A não ser que também queira ser despedida. Não vou trabalhar para Scarabelli nem para mais ninguém. Vou começar minha própria empresa. Mereço uma parte maior dos lucros.

— Mas Steven transformou você em uma estrela. — Kim estava claramente frustrada com o cliente. — Você sabe que essa continuação será um sucesso, como foi o primeiro filme. É dinheiro fácil e você já sabe o texto. Só precisa aparecer durante algumas semanas, participar de suas cenas e terminar o filme. E fim.

Dirk bateu o pé no chão. — É mentira! Steven não me transformou em uma estrela nem ninguém mais. As pessoas dão crédito demais a ele. Não tem nada de fim. Não assinei nada e tenho o direito de mudar de ideia.

— Mas Steven confiou em você. Você tinha aceitado tudo na semana passada quando discutimos os termos. — Kim gesticulou com o braço para o local das filmagens. — Steven continuou em boa-fé com base em sua aceitação verbal. Ele investiu tudo que tinha nesse filme. Todos do elenco e das equipes ficarão sem emprego se você não aceitar. E Steven já se comprometeu a pagar a eles.

— Não me importo. Isso é um problema de Steven. Aquele roteiro é uma porcaria e não quero meu nome associado a ele. — Dirk fez um gesto de telefone e dispensou Kim com um aceno da mão. — Depois você me telefona.

Todos ficamos olhando enquanto Dirk Diamond andava furioso em direção ao trailer dele. Ele não tinha nada a ver com o cara que eu idolatrava nas telas. Na verdade, não gostei nem um pouco dele. Ele era a epítome de uma prima dona exigente e histérica. Um idiota completo. Mas ele era a atração do filme e sabia disso. Todos teriam que se curvar e aceitar cada vontade dele. Não teriam opção se quisessem que as câmeras continuassem funcionando.

Kim Antonelli não disse uma palavra. Não foi preciso. Sua expressão desgostosa dizia tudo.

Steven se aproximou de Kim. — Não consegue convencê-lo, Kim? Farei o que for necessário para agradá-lo, prometo. Tempo é dinheiro e tenho todas essas pessoas aqui esperando que as câmeras comecem a funcionar. Descubra o que Dirk quer. Não importa o que for, eu darei a ele.

— Vou tentar, Steven. — Kim assentiu de forma empática. — Mas você sabe como ele é imprevisível.

Steven parecia desesperado. — É isso que me preocupa. Os investidores estão no meu pé e estou com os pagamentos atrasados. Vou à falência sem esse filme.

— Não faça nenhuma loucura — sussurrei para tia Amber. Ela queria tanto aquele papel que fiquei preocupada que decidisse simplesmente conjurar um novo ator principal.

— Desculpe, Steven. Tentei argumentar com ele, mas não quis me escutar — disse Kim. — Sinto-me terrível, mas o que posso fazer?

Você sabe que só sou agente dele no nome. Ele faz o que quer. Também estou quebrada e preciso muito do pagamento.

Um homem correu em nossa direção com uma pasta na mão. Era Rick Mazure, o homem que me ajudara com os vestidos de tia Amber mais cedo. — Ei, Steven, terminei de reescrever esta parte. Demorei a noite inteira, mas terminei. Acho que ficou muito bom. Pode aprovar?

Steven o dispensou com um gesto da mão. — Agora não, Rick. Não tenho tempo de ler porque Dirk acabou de sair daqui. A não ser que consigamos acalmá-lo, não haverá filme nenhum.

— De novo? Não estou entendendo. — Os ombros de Rick caíram em postura de derrota. — Dirk conseguiu tudo o que queria nos novos roteiros.

— Eu sei. Vá em frente e entregue-os. Tenho certeza de que estão bons e não preciso conferir. Vamos torcer para que Dirk mude de ideia logo para podermos começar a filmar.

— Ok, chefe. — Rick saiu na mesma direção para onde Dirk fora.

— Talvez eu consiga convencer Dirk. — Tia Amber se virou para Steven. — Deixe-me ver o que consigo fazer.

— Vale a pena tentar. Caso contrário, perderei milhões. — Steven passou a mão na testa. — Não importa o que você faça, não ficará pior do que está. — Ele se virou e andou lentamente de volta para o trailer, com os ombros caídos como se o mundo tivesse acabado.

— Vamos. — Segurei o braço de tia Amber e fomos em direção ao local de filmagem. Logo alcançamos Rick. — Você deve estar decepcionado por ter reescrito os roteiros à toa — disse eu.

Rick deu de ombros. — Nunca se sabe o que acontecerá com Dirk. Ele é imprevisível, mas as coisas dão certo no final. Estou trabalhando com Dirk em outro projeto, um suspense incendiário. Acabei de terminar o roteiro dele também. Só aceitei todas as exigências de Dirk porque o nome dele no letreiro praticamente garante o sucesso de bilheteria.

Andamos com Rick em direção ao local das filmagens, onde Dirk parara a caminho do trailer para discutir com um dos membros da equipe.

— Pelo menos Dirk ainda não foi embora. — Tia Amber andou na direção dele e eu a segui.

Dirk se virou para Rick quando nos aproximamos, com uma expressão de desdém no rosto. — O que você quer?

— Você teve a oportunidade de ver meu script? — Rick acenou com os papéis para Dirk. — Tenho uma cópia bem aqui.

— Não se dê ao trabalho, Rick. Seu roteiro é uma porcaria. Não consegui passar das primeiras páginas. Seu suposto suspense só me deu sono.

O rosto de Rick estava sem expressão. — Estou aberto a sugestões. Basta me dizer que partes...

Dirk moveu a mão para a frente e para trás. — A coisa toda é um lixo. Não me faça perder tempo. Não aguento mais vocês. Vou começar minha própria empresa produtora com os meus roteiros. Chega de parasitas enriquecendo às minhas custas.

Kim se materializou ao lado de Dirk com um olhar sofredor. Como agente dele, ela recebia uma porcentagem de tudo o que Dirk Diamond recebia. Mas, a julgar pela expressão dela, o sacrifício era imenso.

— Dirk, precisamos conversar — disse tia Amber, sorrindo. — Você consegue fazer isso dormindo. Lembre-se do que eu lhe disse sobre profissionalismo.

A expressão de desdém de Dirk se transformou em um sorriso fraco. — Você tem razão, como sempre, Amber. Eu queria ser mais como você.

Fiquei de boca aberta. Tia Amber tinha colocado algum feitiço em Dirk, mas, desta vez, não havia magia envolvida. Se houvesse, eu teria sentido. Mas não havia nada magnético, nada além da força da personalidade. O que tia Amber tinha de forma natural. Ainda assim, era meio difícil de acreditar.

Kim suspirou, aliviada porque alguém estava lidando com o chefe saído diretamente do inferno.

— Dirk é meu protegido. Nós nos conhecemos há muito tempo, não é, Dirk? — Tia Amber se virou para mim. — Ajudei Dirk a conseguir o primeiro sucesso no setor. Na verdade, o primeiro filme dele foi com Steven Scarabelli. Nós três nos conhecemos há muito tempo.

— Sim — disse Dirk. — Temos muita história.

— Steven precisa de nós desta vez. — Tia Amber bateu de leve no braço de Dirk. — Agora, vá conversar com Steven e resolver tudo. Você ficará feliz de fazer isso.

Dirk apertou os lábios e pensou por um momento. — Ok, Amber. Vamos, Kim.

Kim o seguiu enquanto ele refazia o caminho de volta para o trailer do escritório de Steven.

Observei minha tia, atônita com o controle que ela parecia ter sobre Dirk. Ele a ouvira quando não quisera ouvir ninguém mais.

Ela capturou meu olhar e deu um sorriso. — O que foi?

— Nada. — Ela queria elogios, mas eu não daria nenhum. Não queria aumentar o ego dela mais do que já estava.

— Você não tem trabalho a fazer? — Tia Amber bateu o pé no chão enquanto me encarava.

— Hein? Ah, sim, tenho. — Não achei que tia Amber soubesse sobre minhas histórias do jornal.

— Meus vestidos não vão se passar sozinhos.

— Ahm... vou cuidar disso. — Eu não tinha a menor intenção de cuidar das roupas dela, mas a última coisa que queria era outra guerra de forças. Eu não sabia de onde vinham as mudanças de humor de tia Amber, mas minha tia, normalmente muito equilibrada, parecia tão ruim quanto Dirk.

Ou tão ruim quanto tia Pearl. Percebi que não perguntara a ela sobre o trabalho de tia Pearl.

— Ótimo. Tenho que ir para o local de filmagem. — Tia Amber me dispensou com um aceno e virou-se, atravessando a rua na direção do velho banco.

Fiquei aliviada ao não ver sinal de Dirk nem de Kim. Eles já deviam estar conversando com Steven no trailer. Fiquei para trás e esperei até que tia Amber entrasse no prédio. Em seguida, voltei para o trailer de Steven, torcendo para conseguir espiar. Quando Dirk e

Kim saíssem, eu queria conseguir alguns minutos com Steven para escrever uma história.

Não cheguei longe antes de ouvir vozes provenientes da lateral do prédio do banco. Não consegui vê-los, mas reconheci a voz de Dirk Diamond, que conversava com Steven Scarabelli. Cheguei mais perto e as vozes ficaram mais altas.

— Podemos mudar o roteiro, os termos, o que você quiser — disse Steven.

— Ok, está bem. Quero ver o que foi mudado no roteiro.

Ouvi o farfalhar de folhas e alguém chutando a terra.

— Sem problemas — disse Steven. — Muito obrigado, Dirk. Ficarei feliz se conseguirmos resolver isto.

— Ah, mais uma coisa — disse Dirk.

— É só dizer.

— Despeça aquela velha. Ou eu ou Amber West.

Fiquei boquiaberta. Tia Amber não iria gostar daquilo nem um pouco.

CAPÍTULO 5

*H*igh *Noon Heist* começava a parecer mais como um resgate. Fiquei parada no outro lado da rua e observei as equipes trabalhando freneticamente para acomodar as mudanças detalhadas no roteiro alterado. Eu nunca estivera nos bastidores de um filme antes. A atividade frenética que eu antes supusera erroneamente ser um caos era, na verdade, uma sinfonia bem ajustada de elenco e equipes. Eles se moviam de um lado para o outro, simultaneamente realizando centenas de tarefas para preparar a primeira cena. E provavelmente uma centena de atividades desnecessárias devido à arrogância e às exigências absurdas de Dirk Diamond.

Eu não esperara que a nova redação do roteiro passasse de algumas mudanças nas linhas dos atores, mas Dirk exigira que o banco tivesse um tom diferente de azul! O vapor de tinta pairava no ar enquanto os pintores limpavam e desmontavam os andaimes.

Eu tinha um respeito renovado pelas equipes, forçadas a aceitar as vontades de um astro mimado. Apesar das exigências de última hora no roteiro que Dirk fizera, o local estava finalmente pronto. Só o que faltavam eram algumas mudanças de última hora de Rick Mazure, a maioria delas mudanças de continuidade devido às alterações que Dirk pedira no roteiro e no cenário. Felizmente, elas só envolviam uma mudança nas linhas de Dirk Diamond. O restante da cena de fuga depois do roubo do banco permanecera inalterado.

Olhei em volta e fiquei surpresa ao ver tia Pearl parada a poucos metros. Fiquei feliz por ela não ter falado ainda com tia Amber, pois poderiam discutir e atrasar a filmagem ainda mais. Não estava claro se tia Pearl mudara de humor ou só estava observando a ação. De qualquer forma, era algo bom. Quando as câmeras começassem a gravar, ela veria como era interessante o trabalho de assistente de preparação.

Todos pareciam agora felizes e relaxados, ansiosos para começar. Exceto Dirk, que parecia querer estar em qualquer lugar, menos ali. A impaciência de Dirk crescia a cada minuto e torci para que ele não saísse dali antes que Rick aparecesse com o roteiro final.

Eu ainda estava surpresa por Dirk ter aceitado continuar com o filme depois da morte súbita da esposa. Talvez ele se dedicasse mais ao filme do que ao luto pela esposa? Considerando a cena no trailer de Steven, eu duvidava disso. Além de ser a esposa dele, Rose Lamont contracenaria com ele. Ou ele era muito estoico ou... alguma outra coisa horrível demais para pensar.

Por outro lado, eu assistira a programas demais sobre crimes e sempre supunha o pior. Dissimulação era uma grande possibilidade, especialmente porque Rose era décadas mais nova que Dirk e apaixonada por exercícios. Não era de se esperar que alguém assim falecesse subitamente. Fiz uma anotação mental para procurar mais detalhes sobre a morte súbita dela.

Ainda mais estranho era minha tia como substituição de Rose Lamont. As duas não tinham idades próximas nem experiência similar, e eu duvidava que tia Amber tivesse o mesmo apelo cinematográfico que uma mulher de trinta e poucos anos. E, sabendo que Dirk queria que ela fosse demitida, imaginei que o pior ainda estava por vir.

Estranhamente, tia Amber nem parecia estar na cena de abertura. Ela estava a poucos passos, posando para fotografias. Ela contratara o próprio fotógrafo para obter fotografias para seu portfólio como artista de cinema. Ou ela fora removida em uma das modificações de última hora do roteiro ou exagerara no papel que desempenharia. Eu imaginei que a segunda opção era verdadeira.

— Vire um pouco para a esquerda. — O fotógrafo ajustou a câmera. — Assim está ótimo. Fique parada bem aí.

— Tire muitas fotos do meu melhor lado. — Tia Amber sorriu para a câmera. Ela já tirara dezenas de fotografias do melhor lado, do pior lado e de lado nenhum. Ela também tirara fotos estáticas com Dirk, Arianne e alguns membros relutantes da equipe que ficavam cada vez mais irritados com as distrações dela. Eram tantos, na verdade, que Steven a repreendera por atrasar a produção.

— Aqui está o roteiro reescrito. — Rick Mazure entrou apressadamente no local de gravação, ofegante e desgrenhado. O casaco estava amassado, a camisa desabotoada e uma camada fina de suor cobria sua testa. — Mudanças bem importantes, portanto, todos vocês, confiram suas falas. — Ele entregou a cada membro do elenco uma cópia do roteiro que retirou de uma pilha grande de páginas azuis.

O homem gordo e careca ao meu lado xingou baixinho. Bill Kazinsky parecia exatamente como tia Pearl o descrevera, mas não parecia nada preguiçoso. Apesar dos xingamentos e das reclamações, ele ajustou sozinho e depressa o que Dirk Diamond exigia.

— Achei que fossem mudanças pequenas. — Bill pegou a última cópia da mão de Rick e folheou as páginas. Ele enterrou o dedo no roteiro. — O que diabos é isso? Deveriam ser facas, não armas. Como vou lidar com isto?

— É um problema tão grande assim? — perguntei.

— Sim, é um problema enorme. — Ele xingou novamente. — Estou a centenas de milhas do estúdio e todos os meus acessórios estão errados. Por que não fizeram certo da primeira vez?

Rick estendeu as mãos com as palmas para cima. — Desculpe, Bill. Eu só reescrevi como me pediram. Se tem alguma dúvida, fale com Steven. Ele é o chefe.

Pelo que eu vira até aquele momento, tinha minhas dúvidas. Dirk Diamond comandava o espetáculo.

— É, sei. — Bill xingou baixinho e afastou-se para uma área a poucos metros. Os acessórios e os equipamentos estavam em uma pilha alta, em um semicírculo, com uma abertura pequena. Os equipamentos empilhados pareciam uma fortaleza, com apenas um ponto de entrada e protegendo tudo o que havia no interior.

Eu o segui e parei do lado de fora do círculo de equipamentos de Bill. A fortaleza permitia a entrada de apenas uma pessoa por vez. Bill virou de lado e passou pela abertura, observando o estoque com uma expressão frustrada.

— Onde vou encontrar cinco armas do começo do século vinte? Elas não nascem em árvores. — O homem obeso se sentou em um banquinho do lado de dentro da fortaleza e esfregou a testa.

— Você precisa de armas? Eu tenho armas. — Tia Pearl se materializou ao meu lado, segurando uma pistola em cada mão. — Posso conseguir mais em um piscar de olhos.

Movi a boca para formar um *Não* silencioso. Não era a hora nem o lugar de exibir bruxaria nem de sugerir que ela tinha contatos com traficantes de armas. Uma tia Pearl armada era algo muito assustador. Armas eram muito piores do que fogo.

— Ahm... deixe-me ver. — Bill saiu de sua caverna e pegou uma das armas, virando-a de um lado para o outro na mão. — Esta arma pode dar certo. Mas precisamos de seis delas.

— Não é um problema, espere um segundo. — Tia Pearl desapareceu em uma esquina e voltou menos de um minuto depois com uma sacola pendurada no braço. Era tão pesada que o ombro dela estava caído. Ela entregou a sacola a Bill. — Tente estas.

Fiquei contente de ver que tia Pearl parecia novamente interessada no trabalho de preparação.

Bill tirou uma arma da sacola. — Ei, elas parecem muito antigas. Onde você as conseguiu?

— Não importa, desde que você goste delas. — Tia Pearl fingiu uma mesura e bateu os cílios. — A seu dispor, sr. Bill.

Virei-me para Bill. — Você não precisa testar as armas primeiro para garantir que funcionem? — A atitude doce de tia Pearl significava que ela estava aprontando alguma coisa. Suspeitei que fosse uma forma de sabotar tia Amber. A rivalidade de irmãs bruxas era da pior espécie.

— Ah, sim, você tem razão. Exceto que não há tempo para isso. —

Bill franziu a testa. — Agora que pensei nisso, tenho algumas armas que podem funcionar. Por que Rick não podia escrever a cena certa desde o começo? — Bill olhou friamente na direção de Rick. O roteirista não o escutara ou deliberadamente o ignorara.

Bill se ajoelhou e olhou dentro de uma caixa grande. — Droga, não tenho nenhuma arma dentro da caixa. Vou ter que buscá-las no trailer.

Tia Pearl ergueu a mão. — Vou buscá-las... basta me dizer onde estão.

Bill balançou a cabeça negativamente. — Elas estão trancadas em um lugar seguro. — Ele apontou para tia Pearl. — Você... fique de olho na caixa. Não deixe ninguém pegar nada. — Ele se virou e saiu.

Tia Pearl xingou baixinho. — Faço o trabalho todo e não recebo respeito nenhum. Consegui as armas para ele. Mas, em vez de fazer algo produtivo, estou presa aqui de babá desta caixa idiota de brinquedos. Eles não me pagam o suficiente para isto.

— Você apenas começou. Não fez nada de verdade ainda. Além do mais, ninguém vai pagar nada a você. Lembra-se de que você foi voluntária para ajudar?— Estava bem claro que Bill não precisava da ajuda dela.

— É, bem... Eu esperava muito mais animação de um filme de ação. Estou começando a me arrepender. Talvez eu tenha que criar um pouco de confusão. — Tia Pearl esfregou o queixo, mergulhada em pensamentos.

Senti um arrepio. Tia Pearl pensando era algo muito perigoso.

— Não ouse conjurar mais armas. As pessoas podem entender errado. — Ninguém confundiria tia Pearl com uma terrorista, mas as pessoas poderiam se assustar se ela estivesse armada até os dentes com meia dúzia de armas.

— Eu poderia economizar muito tempo para todos. Bill não é uma pessoa muito rápida. Há muitos talentos caros parados por aí. — Ela cruzou os braços e bateu o pé no chão. — Eu me ofereci para ajudar, mas ele não quer aceitar. Obviamente sente-se ameaçado por mim.

— Duvido muito — disse eu. — Ele faz isso há muitos anos. Pode ser lento, mas sabe o que está fazendo.

Tia Pearl balançou a cabeça lentamente. — Se ele tivesse lido o roteiro, saberia que a última alteração acrescentou explosivos.

— Como você sabe disso?

Tia Pearl revirou os olhos e tirou alguns papéis do bolso. — Vejamos... bem aqui, na página três. — Ela bateu na página com o dedo indicador.

— Onde você conseguiu isso? — Cheguei mais perto para ver melhor. O rodapé da página dizia versão cinco, o que era uma versão adiante da cópia que Rick acabara de entregar a Bill.

— Rick me deu. — Ela puxou os papéis e segurou-os acima da cabeça. — É uma cópia ainda não liberada.

— Tem certeza de que leu certo? — O sorriso malicioso dela indicou que estava mentindo. Sobre o roteiro, os explosivos ou ambos, eu não sabia ao certo. Mas eu tinha certeza absoluta de que o envolvimento dela fora um grande erro.

— É claro que tenho certeza. Rick me deu o roteiro como precaução porque sabe como Bill é desorganizado e incompetente. Talvez eu mesma vá falar com Steven Scarabelli. Ele provavelmente me contratará imediatamente como chefe de pirotecnia e preparações. Conseguirei fazer um trabalho muito melhor.

Eu não consegui imaginar pirotecnia em um filme do velho oeste até que lembrei que havia dinamite na época. Estremeci ao imaginar Dirk Diamond explodindo o cofre de um banco e o prédio velho do banco desabando em uma pilha de tijolos. Eu tinha a sensação de que qualquer dinamite fornecida por tia Pearl seria real. O prédio era velho demais para aguentar esse tipo de coisa e não tínhamos dinheiro para reparos. Torci para que tia Pearl estivesse mentindo, mas não podia simplesmente acreditar. Eu precisava encontrar Rick Mazure para confirmar o que ela dizia.

Ou tia Amber. Ela provavelmente era a única que conseguiria deter a missão implacável da irmã em busca de poder.

Tia Amber.

Olhei para onde ela estivera pousando para fotografias, mas tia Amber não estava mais lá. Só sobrara o fotógrafo que mexia no equipamento.

Olhei em volta à procura de tia Amber e vi-a no lado oposto, conversando... quer dizer, gritando com Steven Scarabelli. A julgar pelo rosto cheio de lágrimas, ela recebera a notícia. Steven sucumbira às exigências de Dirk Diamond para despedi-la.

Lutei contra a vontade de correr até lá e abraçar minha tia. Saber que eu sabia só a humilharia ainda mais. Ponderei contar a ela sobre a conversa entre Dirk e Steven, mas de que adiantaria? Nada do que eu dissesse ou fizesse mudaria o resultado.

Eu também não queria prejudicar ainda mais o filme. O elenco e as equipes traziam dinheiro para Westwick Corners. Nosso hotel estava lotado e mamãe também ganhava dinheiro vendendo comida. Seria um desastre para todos nós se Steven Scarabelli deixasse a cidade para filmar em outro lugar. Isso se a filmagem realmente fosse acontecer.

— Você vai se arrepender disso! — Tia Amber se virou e saiu furiosa na direção de seu trailer. Ela quase colidiu com Bill, que voltava com uma caixa de madeira. Ela xingou e passou por ele com uma cotovelada.

Bill xingou e saiu do caminho, andando na direção dos membros do elenco. Ele colocou a caixa de madeira no chão e destrancou-a. Em seguida, tirou algumas armas e distribuiu-as aos atores. Ao terminar, fechou a caixa e andou na nossa direção. Ele segurou a caixa de madeira acima da caixa grande que vasculhara antes e deixou-a cair com um barulho alto.

O fotógrafo levantou a cabeça subitamente, assustado com o barulho. Ele franziu a testa quando viu tia Amber fora do local das filmagens.

— Cen? Está me ouvindo? — Tia Pearl cutucou meu braço, parecendo não estar ciente da demissão de tia Amber.

— Hein? — Assenti, apesar de não ter ouvido uma palavra que tia Pearl dissera. Por sorte, fui salva pelo grito do diretor, chamando os atores. Observei enquanto eles assumiam seus lugares e fiz uma anotação mental para procurar tia Amber assim que a cena tivesse sido gravada.

Finalmente, as filmagens tinham começado.

— Em seus lugares, todo mundo. — Steven Scarabelli voltara ao local, corado e ofegante. Ele acenou em direção ao local de filmagem, com o desespero substituído pelo otimismo.

— É melhor que seja a última mudança. Fique de olho nas coisas, Pearl. Preciso fumar um cigarro. — Bill apontou para tia Pearl antes de atravessar a rua.

— O que há dentro...?

Coloquei a mão no ombro magro de minha tia e levei o dedo aos lábios.

Ela fez uma careta, mas ficou em silêncio.

— Ação! — gritou Steven.

As portas do banco se abriram repentinamente e Dirk Diamond saiu correndo do prédio. Ele correu para a rua em direção a um Ford Modelo T preto, com o casaco preto longo esvoaçando. Ele segurava uma arma em uma das mãos e uma sacola com o saque em outra. Outro homem de calça *jeans* o seguiu, apontando a arma em um arco defensivo em volta ao atravessarem a rua.

O motorista do Ford saltou do banco do motorista e ficou parado ao lado do carro, acenando freneticamente para Dirk com uma das mãos e segurando uma faca na outra.

Logo depois, três homens saíram de trás de um prédio no outro lado da rua, apontando armas para Dirk e o outro homem. O mais à frente abriu fogo, atingindo o cúmplice de Dirk. O homem deixou a arma cair e gritou. Ele cambaleou até o carro, segurando o braço ao se jogar no banco traseiro.

Arianne Duval saiu correndo do banco, gritando. Ela parou na calçada de madeira ao ver os homens. O motorista com a faca entrou novamente no carro no momento em que a rua principal se transformou em uma cena de tiroteio. Balas voavam, cavalos relinchavam e cachorros latiam enquanto os homens corriam freneticamente. Quando a poeira finalmente baixou, os cinco homens estavam caídos imóveis na terra.

— Não! — gritou Arianne. Ela correu até Dirk e ajoelhou-se ao lado dele. Em seguida, virou para a câmera e sussurrou: — Ele está morto.

— Corta! Excelente trabalho, pessoal! — gritou Steven. Ele mostrou o polegar para cima ao sair correndo em direção aos trailers.

Os atores se levantaram e limparam a poeira das roupas.

Todos, exceto Dirk Diamond.

Ele não se levantou.

CAPÍTULO 6

— irk levou um tiro! — gritou Arianne.

— Pare com isso, Arianne. Estamos no intervalo. — Um ator loiro alto, um dos atiradores da cena, acenou para que ela saísse de lá.

Tia Pearl emitiu um som de desdém. — É claro que ele levou um tiro, sua boba. Era o que deveria ter acontecido. — Ela se virou para mim. — Ninguém aqui sabe o que está fazendo.

— Pare com isso, tia Pearl! Não é o momento para ser sarcástica. — Dirk usava uma camisa branca sob o casaco. De onde eu estava, vi um círculo vermelho lentamente se expandir na camisa dele. Percebi horrorizada que a mancha não era parte do filme. Um tiro falso exigia sangue falso, mas, como a cena terminara assim que o tiroteio acabara, o sangue falso era completamente desnecessário.

Arianne também percebera isso.

Coloquei a mão sobre a boca quando percebi o que acontecera. Todos os outros atores, exceto Arianne, estavam indo embora. Dirk permaneceu imóvel no chão. Ele não se movera um centímetro.

— Já estou por aqui. — Tia Pearl bateu no queixo com a parte de trás da mão. — Você não tem ideia de como é aceitar ordens daquele palhaço incompetente. Vou pedir um aumento a Steven. Consigo

54

fazer um trabalho muito melhor do que Bill com uma mão amarrada às costas.

Olhei para ela friamente. Por sorte, estavam todos distraídos pelos gritos de Arianne e não ouviram o que tia Pearl dissera.

Tia Pearl balançou a cabeça e deu de ombros. — Tentei ajudá-lo, mas ele é teimoso demais para ver como está errado.

Eu a ignorei. Dirk já deveria ter levantado.

Acabáramos de testemunhar um acidente trágico ou, possivelmente, um assassinato.

Arianne corria freneticamente entre o prédio e a rua, onde o corpo sem vida de Dirk estava caído na rua poeirenta. — Alguém ajude! Ele não está respirando!

Um momento de silêncio se seguiu quando a gravidade das palavras de Arianne foram entendidas. Em seguida, todos correram na direção de Dirk.

— Tarde demais. — Um dos atores se ajoelhou ao lado de Dirk. — Acho que ele está morto.

Uma exclamação coletiva foi emitida pelos trinta e poucos membros do elenco e da equipe que tinham se reunido em volta de Dirk em um semicírculo. Apesar de ninguém parecer tão desesperado como Arianne, havia muitos rostos com expressão de medo. Todos estavam em choque.

— Ele levou um tiro de verdade. Isso não é encenação. — Virei-me para tia Pearl, mas ela desaparecera.

Virei-me rapidamente e vi-a andando rapidamente para longe. Ela já estava a meio quarteirão de distância e alcançara Steven. Ele saíra do local imediatamente depois do fim da cena. A julgar pelo andar casual, não estava ciente do que acabara de acontecer com Dirk.

Bill correu na minha direção, com um cigarro pendurado na boca. Ele deu uma tragada profunda, tirou o cigarro da boca, jogou-o no chão e esmagou-o com o pé. — O que diabos acabou de acontecer? Por que a equipe está toda parada?

Balancei a cabeça. — Dirk levou um tiro no peito. Ele está morto.

Ele estreitou os olhos. — Isso é algum tipo de brincadeira?

— Não é brincadeira.

— Não acredito. É mais uma mudança no roteiro, certo? — Bill moveu os olhos rapidamente entre eu e o corpo sem vida de Dirk.

— Receio que não. — Observei o rosto dele em busca de algum sinal de fingimento, mas ele parecia genuinamente surpreso.

Bill andou de um lado para o outro, com o rosto pálido. — Como isso pode ter acontecido? Quem atirou nele? Onde está o atirador?

Abaixei a voz. — Não sei, mas a bala parece ter vindo de uma de suas armas.

— Isso é impossível — respondeu Bill. — Minhas armas não estavam carregadas. Nunca estão. Elas não têm balas de verdade, só balas de festim.

— Tem certeza disso? — Olhei para onde vira tia Pearl e Steven logo antes. Eles estavam em uma discussão acalorada sobre alguma coisa e pareciam não perceber a tragédia diante de nós. Virei-me novamente para Bill.

— É claro que tenho certeza. Conferi cada arma eu mesmo antes de distribuí-las. Eu nem tenho balas de verdade. — Ele me encarou friamente. — Você acha que eu tive algo a ver com o fato de Dirk ter levado um tiro? Por que eu faria isso?

Movi a mão em um gesto de indiferença. Eu poderia encontrar muitos motivos. — Ninguém está acusando ninguém. Só estou declarando os fatos. Dirk levou um tiro de verdade.

Arianne andou rapidamente na nossa direção, parou abruptamente em frente a Bill e encarou-o friamente. — Você nos deu armas carregadas? Poderíamos estar todos mortos agora. Como pôde ser tão idiota?

— É claro que não dei armas carregadas a vocês. O que acha que sou, um imbecil? As armas só tinham balas de festim. — Bill coçou a cabeça. — Não estou entendendo.

— Você tem muitas explicações a dar, Bill — disse Arianne. — Você foi o único que encostou naquelas armas.

— Não sabemos se todas estavam carregadas. Somente uma bala foi disparada — disse eu. Era algo que só poderia ser verificado mais tarde, mas eu não queria que todos entrassem em pânico e tirassem conclusões precipitadas.

Bill ergueu os braços. — Elas não estavam carregadas, eu juro. Alguém carregou a arma depois que eu a entreguei.

— Se alguém mexeu em alguma arma, nós teríamos visto — disse eu. — Você as distribuiu logo antes de começar a gravação. Todos os olhares estavam no local da filmagem.

— Bem, alguém fez alguma coisa. Talvez Pearl tenha algo a ver com isso. Onde ela está?

— Ela não encostou nas armas, tenho certeza disso. — A tentativa desesperada de Bill de se desviar da culpa me deixou muito irritada. Eu não podia culpá-lo por estar com raiva, desesperado ou ambos, mas isso não era desculpa para usar tia Pearl como bode expiatório de sua falta de cuidado. Fiquei grata por ela não ter ouvido as acusações dele. Ela certamente podia se cuidar, mas era exatamente disso que eu tinha medo. Não queria que ela tivesse alguma desculpa para incendiar alguma coisa.

O rosto dele ficou vermelho com uma raiva mal contida. — Você deve ter desviado o olhar por um minuto.

— Não, fiquei de olho nela o tempo inteiro. Pergunte a ela você mesmo. Entretanto, talvez ela tenha visto algo que eu não vi. — Inclinei a cabeça na direção em que ela estava. — Ela está do outro lado da rua conversando com Steven.

Sem dúvida, tia Pearl estava tentando roubar o emprego de Bill, mas isso não importava agora. Sem Dirk Diamond, o filme não poderia continuar. A função de gerente de preparações também não seria mais necessária. Um astro morto significava que não haveria filme, pelo menos em um futuro próximo.

Arianne tremia e chorava com as mãos sobre o rosto. — Como isso pôde acontecer? Em um minuto, Dirk estava correndo, cheio de vida. No minuto seguinte, estava morto.

A sequência de acontecimentos era perturbadora. Primeiro Rose Lamont, esposa e coadjuvante de Dirk. E agora Dirk. Apesar de Rose supostamente ter morrido devido a um aneurisma cerebral, parecia muita coincidência, e algo incomum, que um casal morresse em questão de dias um do outro. A morte de Dirk fora uma coincidência trágica ou alguém queria os dois mortos?

Uma arma carregada com balas de verdade, em vez de balas de festim, implicava que alguém mexera com as armas. Porém, Bill insistia que conferira cada uma delas e eu vira quando ele distribuíra as armas. Além de dezenas de testemunhas, tudo fora capturado pelas câmeras. Seria uma questão simples de analisar a gravação para identificar o atirador.

Supondo que fosse assassinato, quem faria isso à plena vista de dezenas de pessoas? O assassino era muito ousado ou incrivelmente idiota. Ou talvez estivesse tentando incriminar uma pessoa inocente.

Engoli em seco, torcendo muito para que minha intuição estivesse errada.

CAPÍTULO 7

Peguei meu celular e digitei o número do delegado Tyler Gates. — Venha para o local das filmagens, depressa. Dirk Diamond levou um tiro.

Dezenas de membros do elenco estavam parados em um silêncio atordoado, formando um círculo largo em volta do corpo sem vida de Dirk Diamond. A notícia se espalhara rapidamente. Todos tinham voltado para lá, silenciosos e atônitos diante da enormidade do que acabara de acontecer. Eles perceberam a realidade de que alguém atirara no ator principal e, por causa disso, não havia esperança alguma de pagamentos futuros. Isso também eliminava a chance de Westwick Corners se tornar Hollywood do norte em um futuro próximo.

— Já estou aqui. — Ouvi a voz de Tyler quando ele andou na minha direção e do corpo sem vida de Dirk a poucos metros de distância. O rosto dele estava sem expressão, exceto pelos lábios que estavam apertados. — Amber acabou de me contar.

— Tia Amber? Parece que as notícias se espalham depressa. — Franzi a testa. — Achei que ela já tinha ido embora daqui.

Tyler inclinou a cabeça, indicando tia Amber a poucos metros. —

Ela disse que estava bem aqui quando aconteceu. Correu até a prefeitura para me chamar.

Segui Tyler quando ele andou para onde estava o corpo de Dirk. Ele chamou a unidade de perícia criminal pelo celular. Westwick Corners era pequena demais para ter uma equipe forense própria e, como delegado, ele dependia da unidade de investigação em Shady Creek, a uma hora de distância. Tyler teria que se virar sozinho até que eles chegassem.

Fiquei aliviada e confusa ao ver tia Amber de volta. — Eu estava tão ocupada assistindo à gravação que acho que não a notei aqui.

— Deve ter acontecido muita coisa durante a gravação e tudo o mais — disse Tyler. — Conte-me o que aconteceu.

Contei tudo o que eu vira. — Não havia nada de diferente até onde percebi. A cena do tiroteio seguiu o roteiro, exceto que Dirk Diamond não levantou quando a gravação terminou.

Bill passou à minha frente para conseguir a atenção de Tyler. — Caso alguém esteja apontando dedos, não fui eu. Não matei Dirk.

— Ninguém disse que você o matou. — Tyler coçou o queixo, pensativo. — Por que você pensaria isso?

— Porque alguém sabotou uma de minhas armas, colocando balas de verdade. — Bill passou a mão pela cabeça meio careca. — Não sei como nem quando aconteceu, mas estão tentando me incriminar. Minhas armas não estavam carregadas.

Tyler ergueu as sobrancelhas. — Onde você estava quando aconteceu o tiroteio?

Bill pareceu constrangido. — Fumando um cigarro. Mas só depois de entregar as armas. Conferi pessoalmente cada uma das armas para ter certeza de que só tinham balas de festim. Alguém deve ter trocado as balas depois disso.

— Alguma testemunha? — Tyler tirou um bloco do bolso da camisa. — Quem teve acesso às armas?

Bill olhou em volta com expressão nervosa. — Bem, Pearl estava me ajudando.

— Mas ela não mexeu nas suas armas. — Olhei para Bill friamente, furiosa com a insinuação repetida dele de que tia Pearl estava envolvida. Eu também estava um pouco irritada por ela ter escolhido aquele momento para desaparecer, deixando-me sozinha para defendê-la.

Na verdade, eu estava tão furiosa com Bill por tentar incriminá-la que estava tentada a lançar uma maldição nele. Mas revidar não ajudaria em nada. De qualquer forma, eu só sabia magia branca e uma maldição seria impossível. Se pelo menos eu soubesse um feitiço da verdade que pudesse lançar sobre todo mundo... Tia Pearl saberia, se era que isso existia.

Por outro lado, seria irresponsável mexer de alguma forma com uma provável investigação de assassinato. Fiquei imaginando quem teria um motivo. Apesar de praticamente todos odiarem Dirk Diamond, ele era o único motivo pelo qual tinham um emprego. Com a morte dele, todos perdiam.

Pelo menos, todos de quem eu tinha conhecimento.

Concentrei-me novamente em Bill e Tyler. A discussão deles ficava mais intensa a cada momento.

— Só o que eu quis dizer é que Pearl estava me ajudando de forma geral — admitiu Bill. — Conferi as armas no trailer antes de trazê-las para cá. Vá em frente e investigue meu trailer, se quiser. Você não encontrará balas de verdade lá.

— Farei isso — respondeu Tyler. — Enquanto isso, não saia daqui. Precisarei de um depoimento seu quando liberar a cena. — Ele teve o cuidado de não chamá-la de cena do crime, mas, a julgar pela sua expressão, Tyler já concluíra que a morte de Dirk não fora um acidente.

— Ai. — Olhei para o outro lado da rua e vi o prefeito Brayden Banks andando rapidamente na nossa direção. Ele parecia estranhamente fora de lugar dentre as pessoas vestidas de forma casual. Os sapatos, a calça e até mesmo o casaco escuro tinham uma camada leve de poeira da rua.

A última coisa que o prefeito Brayden Banks queria era publicidade negativa. A segunda coisa que ele menos queria era que Tyler Gates continuasse como delegado. Tyler e eu começamos a namorar alguns meses depois que terminei o noivado com Brayden. Em uma cidade pequena, era uma das coisas mais constrangedoras que poderia acontecer.

— Cen. — Brayden acenou rapidamente com a cabeça para mim antes de se virar para Tyler. — Alguma pista, delegado?

Brayden se destacava em Westwick Corners mesmo sem as filmagens, mas a imagem de vestido para o sucesso era cuidadosamente cultivada. Eu sabia disso. Meu ex-noivo sempre achara que seu destino guardava coisas melhores do que Westwick Corners.

— Acabei de começar — disse Tyler. — Os técnicos de Shady Creek estão a caminho.

— Ótimo. Você precisará de toda ajuda que conseguir. — A ameaça velada de Brayden ficou clara para mim e para Tyler. Ser o prefeito de Westwick Corners era apenas um degrau na jornada de grandeza política dele. Pelo menos, era como Brayden via o mundo. Qualquer obstáculo no caminho tinha que ser removido rapidamente.

O olhar de Brayden se moveu para o corpo sem vida de Dirk e depois para o local das filmagens. Ele gesticulou com o braço direito para o local. — Quero todas essas câmeras fora daqui e que o celular de todos seja confiscado. A imprensa cairá sobre isso como moscas no mel. A última coisa de que precisamos é um monte de repórteres sensacionalistas. — O prefeito Banks não queria publicidade negativa para Westwick Corners. Não por causa da cidade, mas por ele mesmo. E ele faria o que fosse necessário para garantir que isso acontecesse.

Tyler pareceu não se importar com as exigências de Brayden, mas eu fiquei furiosa. Eu também fazia parte da imprensa e não sabia o que era pior: o fato de Brayden esquecer que eu era jornalista ou de ter me chamado de inseto.

Mas eu precisava me controlar. Tyler precisava da minha ajuda se quisesse manter o emprego. Brayden estava pronto para agarrar qualquer oportunidade de despedir Tyler se a investigação não fosse concluída depressa.

Brayden olhou em volta para garantir que ninguém conseguisse ouvir. — Você tem até a meia-noite de hoje para encontrar e prender o assassino. Se você não o encontrar, será despedido.

CAPÍTULO 8

Os peritos criminais de Shady Creek chegaram em tempo recorde para processar a cena, enquanto o médico legista examinava o corpo de Dirk. Apesar de a polícia de Shady Creek oferecer assistência em termos de perícia, a única pessoa que podia fazer uma investigação era Tyler.

Com ou sem assassinato, a cidade, por ser tão pequena, não tinha orçamento para mais policiais, fossem eles contratados ou emprestados de Shady Creek. Parte do motivo era que não tínhamos dinheiro, mas era principalmente por uma razão mais sinistra. Brayden Banks queria que Tyler fracassasse, o que eu não podia deixar que acontecesse.

Virei-me para Tyler. — Você não vai confiscar o celular de todo mundo como Brayden pediu, vai? Sei que é o que ele quer, mas com certeza dará início a uma revolta. No mínimo, isso dará toda a publicidade que ele diz não querer. Acho que será um tiro no pé.

Tyler balançou a cabeça negativamente. — Isso só colocará os holofotes sobre nós. Mas tenho que impedir que ele interfira. — Ele piscou para mim. — Talvez você possa me dar uma ajudinha?

— Posso. — Eu nunca usara magia de forma frívola, mas, se algum dia houvera uma ocasião que pedisse isso, era aquela. Concentrei minha visão no meu ex-noivo, pensando que não era com frequência que eu usava um feitiço duas vezes no mesmo dia. Olhei em volta para ter certeza de que ninguém estava ouvindo e concentrei-me novamente em Brayden.

Sussurrei o feitiço:

Números enevoados, mente enevoada
Esqueça suas preocupações, só durma
Logo você acordará sem se lembrar de nada
Nada com que se preocupar, nenhum problema
Os últimos dez minutos apagados.

Funcionou em Brayden como funcionara em tia Pearl mais cedo. Senti-me orgulhosa e culpada ao mesmo tempo ao observar Brayden ir embora. Ele andou lentamente pela rua na direção da prefeitura, esfregando o lado da cabeça.

— Muito bem, Cen.

Dei um pulo ao ouvir a voz de tia Pearl. Eu não notara ela e Steven andando até nós. A julgar pela expressão despreocupada de Steven, ele continuava sem saber do que acabara de acontecer com Dirk.

— Suas aulas estão dando resultado — disse ela baixinho. — Talvez, no fim das contas, você consiga ser uma bruxa.

Segurei o braço dela quando ela passou por mim. — Preciso falar com você. Dirk Diamond está mesmo morto. — Apontei para o corpo de Dirk, que agora estava sob um cobertor.

Tia Pearl se virou para me encarar. O rosto dela não tinha expressão e eu não sabia se estava brincando ou falando sério. — O que as pessoas veem naquele Dirk Diamond? Ele exagera tanto que nem parece real. Até mesmo a posição do corpo é ridícula.

— Isso não é uma aula de ioga, tia Pearl. É real — disse eu. — Dirk está realmente morto.

— Não é de surpreender com aquela atitude dele. — Tia Pearl balançou a cabeça. — Esse filme será um fracasso.

— Espere... eu ouvi direito? Dirk Diamond está morto? — O rosto de Steven ficou branco ao olhar primeiro para mim e depois para tia Pearl. — Não pode ser. Acabamos de gravar a cena há poucos minutos.

— Foi exatamente quando aconteceu. Uma das armas tinha balas de verdade. — Contei o que eu sabia.

Steven ouviu e voltou para perto de nós. — Isso... isso é impossível! Ele não pode estar morto. — Ele parecia prestes a desmaiar ali mesmo. — Isso muda tudo.

Lutei contra a vontade de correr para encontrar tia Amber. O que acabáramos de testemunhar fora um acidente horrível ou um assassinato. Os minutos seguintes seriam essenciais para coletar provas e depoimentos de testemunhas. Era um trabalho para Tyler e para a polícia de Shady Creek, mas eu tinha que pelo menos impedir que todos fossem embora.

Tia Pearl parecia despreocupada. Ela passou por mim e andou diretamente para Bill, que estava perto das caixas de acessórios e dos equipamentos.

Tyler não era o único que estava com problemas.

Eu a segui e segurei seu braço para impedi-la de assediar Bill. — Você viu tia Amber? — Ocorreu-me que eu não sabia mais o que era real e o que era magia. Eu sabia que tia Amber usara magia para levar o filme para Westwick Corners. Ela fora além disso?

Havia uma chance, por mais remota que fosse, de que o tiro em Dirk não fosse real. Mas, no fundo do coração, eu sabia que não era o caso. Tia Amber sempre seguia as regras e fazia tudo certinho. Pelo menos, quase sempre. Apesar de ter usado magia para levar o filme para a cidade, ela não interferira com o destino quando Steven a demitira. Ela não usara magia para conseguir o trabalho de volta e certamente não usaria magia para matar alguém.

Ainda assim, eu precisava encontrá-la. Talvez houvesse alguma forma de reverter aquela tragédia.

— Na última vez em que vi Amber, ela estava perto dos trailers — respondeu tia Pearl. — Acho que ninguém tem emprego no momento.

Voltei a atenção para a cena. Devia haver cerca de cinquenta pessoas por ali. O clima era sombrio. Apesar de todos estarem em estado de choque, ninguém parecia arrasado nem surpreso com a morte de Dirk. Aquilo me pareceu estranho, considerando que todos tinham trabalhado juntos em vários filmes.

— Como isso pode ter acontecido? — A testa de Steven Scarabelli ficou coberta de suor.

— Não acredito. Ele está mesmo morto. — Rick Mazure balançou a cabeça ao olhar para o corpo de Dirk. — Desse jeito. Ele se foi. O que vamos fazer, Steven?

— Vamos pensar em alguma coisa — disse Steven, apesar de não parecer nada convencido.

Arianne estava histérica. — O que aconteceu, Bill? Você não conferiu as armas antes de distribuí-las? Aquela arma tinha uma bala de verdade. Qualquer um de nós podia ter sido atingido.

— Não pode ser uma das minhas armas — retrucou Bill. — Elas só tinham balas de festim.

— Não sei bem o que faremos sem Dirk. — Rick se levantou. — Não posso simplesmente retirá-lo do roteiro. Ele era a estrela.

— Tem que haver uma forma de consertar as coisas. Talvez usar pedaços de filmes anteriores? — Arianne se virou para Bill. — Você realmente estragou tudo desta vez, Bill. As armas vieram de você e de ninguém mais. Como não sabia que uma das armas tinha uma bala de verdade? Você não as confere antes de distribuí-las?

Tia Pearl ficou de boca aberta. — Ai, meu Deus.

Virei-me para confrontá-la. — O que você fez? — E se o tiro fatal fora um feitiço que dera errado? Tia Pearl não costumava admitir erros, mesmo sobre algo tão trágico como um tiro acidental. Bruxaria ou não, Bill provavelmente seria demitido. Tia Pearl sem dúvida estava de olho no emprego dele, o que era combustível para um desastre.

Exceto que, sem Dirk, não haveria filme. Portanto, quais eram as chances de tia Pearl conseguir o que queria?

Zero.

— Não estou entendendo nada. Eu conferi as armas, sim. — Bill olhou friamente para tia Pearl, mas permaneceu em silêncio. Ele parecia estar pensando o mesmo que eu: talvez tia Pearl tivera um lapso momentâneo de atenção enquanto cuidava dos acessórios. Ou talvez algo pior, um lapso momentâneo de moral.

Bill começou a suar e Arianne andou até uma cadeira próxima para se sentar. Ela chorou baixinho, com o rosto nas mãos. Steven e Rick estavam parados a poucos metros. Rick estava de costas para mim, mas percebi, pela expressão de pânico do rosto de Steven, que estavam discutindo o que fazer a seguir.

O restante do elenco e das equipes estavam ali perto, em grupos, falando em voz baixa. As vozes chegavam até nós e especulavam sobre o que acabara de acontecer e o que aconteceria em seguida.

Dirk Diamond era popular nas telas, mas, fora delas, parecia ter mais inimigos que amigos. No entanto, todos os presentes dependiam de Dirk para sobreviver, e não fazia sentido que algum deles quisesse matá-lo. O poder que ele tinha era o único motivo para o sucesso do filme. O que teria sido uma sequência gravada rapidamente subitamente virara um impasse. Sem Dirk, o filme provavelmente nem seria feito, tornando quase todos suspeitos improváveis. Se alguém o queria morto, por que não esperar até que o filme estivesse pronto? No mínimo, isso teria significado muito menos testemunhas.

Tyler acenou na direção do caramanchão de lona que agora cobria meia dúzia de mesas perto do trailer de comida.— Preciso que todos saiam do local da filmagem. Sentem-se lá, sob a lona. Cen, cuide para que ninguém vá embora. Pegarei os depoimentos de todos em alguns minutos.

Assenti, mas Steven já acenava para que o elenco e as equipes o seguissem. Eles se reuniram em volta das mesas, com os olhos virados para nós. A maioria das pessoas já percebera a gravidade da situação. Os outros homens da cena de perseguição pareciam atordoados depois de perceber que poderiam ter sido o alvo do tiro fatal.

Permaneci convencida de que a bala fora o tempo todo destinada a Dirk. Mas como poderia provar?

Bill permaneceu no local das filmagens. — É melhor você não me culpar. Minhas armas tinham balas de festim, com certeza. Conferi todas mais de uma vez antes de distribuí-las, como sempre faço.

— O que exatamente está dizendo, Bill? Está dizendo que eu carreguei aquelas armas? — Tia Pearl estava em atitude desafiadora em frente a Bill, com as mãos na cintura.

— É cedo demais para tirar conclusões. — O rosto de Tyler continuava sem expressão enquanto ele estudava o cartucho da bala. — Alguém tinha uma arma carregada. Ou era uma de suas armas ou uma arma que outra pessoa trouxe para o local da filmagem. Tem certeza de que conferiu cada uma delas?

— É claro que tenho certeza. Nem tenho balas de verdade. — Bill acenou na direção das caixas de acessórios. — Vá em frente e confira todas as minhas coisas. As armas estão em uma caixa dentro daquele caixote de madeira grande bem ali.

— Farei isso em breve.

Bill soltou a respiração, visivelmente aliviado. Ele olhou para o trailer de comida, onde todos os outros aguardavam. — Ótimo. Vou tomar um café.

Tia Pearl apontou para Bill enquanto ele caminhava na direção do trailer. — Ele realmente não é muito bom em cuidar de suas coisas.

Bill se virou rapidamente. — Ouvi tudo o que você acabou de dizer. Você, dentre todas as pessoas, não deveria fazer acusações, Pearl.

Tyler ergueu a mão. — Fique por perto, Bill. Tenho perguntas sobre as armas.

— Pode perguntar. — Tia Pearl ergueu a mão. — Posso responder às suas perguntas. Diferentemente de Bill, eu estava aqui o tempo inteiro.

— Eu estava falando com Bill. Falarei com você mais tarde. — Tyler franziu a testa, com a expressão normalmente calma substituída por frustração. Ele tinha mais com o que se ocupar sem que tia Pearl arrumasse mais confusão.

Olhei friamente para tia Pearl, furiosa com a implicância dela. Ela não estivera perto dos acessórios o tempo inteiro como alegava. Eu a vira sair do local das filmagens com Steven antes dos tiros. Claramente, ela estava mentindo, apesar de eu não saber dizer com certeza em que momento saíra.

Tyler acenou para que o seguíssemos e fomos na direção da área de trabalho de Bill. Tyler apontou para a caixa de madeira. — Está trancada. Tem a chave?

Soltei um suspiro de alívio. A fechadura deixava tia Pearl de fora. A não ser que se considerasse um arrombamento sobrenatural, mas ela não tinha motivos para matar um astro que nunca conhecera.

Bill assentiu. Ele tirou um chaveiro do bolso e entregou-o a Tyler.

Tyler destrancou a caixa com a mão enluvada. Ele a abriu e olhou para o interior. Em seguida, tirou uma caixa menor, que também estava trancada.

— Use a chave dourada pequena no chaveiro — disse Bill.

Tyler destrancou a segunda caixa e olhou para dentro dela. O interior era de veludo vermelho com seis moldes de armas. — Há lugar para seis armas, mas apenas cinco estão aqui.

— Era como estava quando distribuí as armas — respondeu Bill. — Uma das minhas armas sumiu.

— Você podia ter falado isso antes. — Tyler selecionou uma arma da caixa, virou-a na mão e estudou-a cuidadosamente. Ele abriu a câmara e olhou seu interior. Em seguida, repetiu isso com cada uma das outras armas. — Como você disse, estas armas estão descarregadas.

Bill soltou um suspiro visivelmente aliviado. — Outra pessoa trouxe a própria arma.

— Quem tem a chave desta caixa? — perguntou Tyler.

— Somente eu e Steven. A chave dele é somente como precaução, caso eu perca a minha. — Bill acenou com a cabeça na direção do trailer de comida, onde Steven estava com os demais.

— Não me surpreenderia se você perdesse sua chave — resmungou tia Pearl. — Você não parece ter cuidado com nada, com armas nem com chaves.

— Vamos manter o foco — disse eu. Tia Pearl poderia facilmente desviar a investigação inteira e não tínhamos tempo para isso.

Bill xingou baixinho. — Você deveria estar de olho em tudo, Pearl. É tanto culpa sua quanto minha.

Puxei tia Pearl para perto de mim quando ela abriu a boca para responder. — Agora não é hora de brigar, tia Pearl. Deixe que ele dê a última palavra.

Ela puxou o braço e sacudiu o punho fechado para Bill. — Não vou presa por causa de um erro desse homem.

— Ninguém vai para a cadeia. — Era como observar um engavetamento de cinco carros em uma rodovia uma fração de segundo antes do impacto. Era como saber que um desastre estava prestes a acontecer e não poder fazer nada a respeito. Exceto que eu era uma bruxa. Talvez não fosse tão impotente, no fim das contas.

CAPÍTULO 9

O fato de ter todas aquelas pessoas andando por ali, tocando em tudo, me deixou inquieta. Tyler não tinha como controlar tudo, mesmo com a minha ajuda. Portanto, fiz o que qualquer namorada em pânico faria: cuidei da situação.

As circunstâncias não me deixavam outra opção além de lançar um feitiço de congelamento.

Fechei os olhos com força e entoei as palavras que me lembrava de ter lido em *Pérolas de Sabedoria*, o livro gigantesco de feitiços de tia Pearl. Arrependi-me profundamente de não o ter estudado mais e torci para não deixar as coisas ainda piores do que já estavam.

A falta de confiança em minhas capacidades de lançamento de feitiços criara alguns minidesastres quando eles deram errados no passado, principalmente por causa de minha tendência de pensar demais nas coisas. Na verdade, as únicas vezes em que meus feitiços funcionavam eram em momentos como aquele, em que era necessária ação em uma fração de segundo. Eu simplesmente não tinha tempo de repensar, apesar de parecer irresponsável usar meus poderes sobrenaturais sem pensar bem.

Abri lentamente os olhos, sentindo-me esperançosa e ansiosa ao mesmo tempo. O que aconteceria se eu falasse uma palavra errada? Para minha surpresa, o feitiço funcionou!

Todos, incluindo tia Pearl, estavam congelados. Usar bruxaria era um último recurso, mas achei que era justificado. Eu tinha que impedir que Bill e tia Pearl brigassem para que pudéssemos nos concentrar novamente na investigação.

Eu lançara mais feitiços em um dia do que no ano inteiro e ainda nem era meio-dia. Se não tivéssemos uma tragédia como aquela nas mãos, talvez eu tivesse parado por um momento para celebrar minha conquista sobrenatural. Mas não havia tempo para me gabar, percebi horrorizada.

Tia Pearl já estava saindo do feitiço. Não fora tão efetivo nela como fora nas demais pessoas.

Ela esfregou a cabeça, parecendo confusa, como se tivesse acabado de acordar em um lugar estranho. Os olhos dela encontraram os meus. — O que está acontecendo? Você por acaso acabou de...

— Colocar um feitiço em você? Sim. Lamento, mas você não me deixou opção. — Olhei em volta, feliz ao ver que as outras cinquenta e poucas pessoas à nossa volta ainda estavam congeladas no lugar. Os feitiços funcionavam de forma diferente em cada pessoa e, de alguma forma, tia Pearl desenvolvera uma tolerância, provavelmente porque tia Amber constantemente praticara nela durante a infância.

Tia Pearl fez uma careta como se tivesse acabado de sentir um gosto amargo. — Acho que, no fim das contas, você conseguiu aprender algo comigo.

Bruxaria sem prática podia ter repercussões graves. Um feitiço mal feito era ruim o suficiente, mas pior ainda eram as consequências indevidas. Elas nem sempre podiam ser desfeitas. Era um dos motivos pelos quais eu sempre hesitava em usar minha magia.

Tia Pearl, agora totalmente alerta, bateu as mãos animada ao observar as pessoas congeladas em animação suspensa. — Muito bem, Cen! Viu o que é possível quando você se dedica?

— Vamos deixar uma coisa bem clara. Você precisa deixar de lado essa discussão com Bill, ok? Deixe o delegado fazer a investigação e você será liberada. Não precisa arrumar brigas com Bill.

— O delegado Gates? — Tia Pearl fez um som de desprezo. — Ele está atrás de mim. Estou prestes a ser incriminada injustamente e preciso me defender.

Olhei para Tyler, que permanecia imóvel ao lado de Bill. — Isso não é só sobre você, tia Pearl. Por favor, coopere uma vez na vida. Pelo bem da cidade. — Percebi um movimento com o canto do olho. Algumas pessoas tinham começado a se mexer, incluindo Bill. O feitiço estava desaparecendo.

Bill sacudiu a cabeça e olhou em volta confuso. Em seguida, virou-se para tia Pearl. — Ah, sim... mais uma palavra sua e farei com que seja retirada daqui.

— É mesmo? — Tia Pearl estava parada a poucos centímetros de Bill, com as mãos sobre os quadris magros em atitude de desafio.

Olhei para ela friamente. — Tia Pearl, não temos tempo...

— Ok, chega. — O rosto de Bill ficou vermelho. — Você está despedida. Agora dê o fora daqui.

Tia Pearl xingou baixinho. — Steven me contratou. Você não tem autoridade...

— Parem, os dois! — gritei. — Ninguém vai a lugar algum até que o delegado diga alguma coisa a respeito. — Senti olhos em mim e percebi que todos estavam totalmente conscientes de novo. E eu abusara da minha autoridade.

Tyler nos observou com uma expressão confusa no rosto. — Perdi alguma coisa? Achei que estávamos falando sobre as armas.

Virei-me para ele e dei de ombros. — Saímos um pouco do assunto.

Mas Tyler não estava ouvindo. Ele colocou a caixa menor de armas sobre a bancada de Bill. Em seguida, inclinou-se e estendeu a mão para dentro da caixa maior. — Espere um pouco. Há mais alguma coisa no fundo da caixa. Por que esta arma não estava na caixa? — Ele endireitou o corpo, segurando uma arma idêntica às outras.

Bill franziu a testa. — Ei, é a minha arma que tinha sumido. Como ela voltou para a caixa? Ela não estava aí antes.

— Tem certeza disso? — Tyler franziu a testa. — Ainda estou preocupado pelo fato de você não ter mencionado a arma que sumiu na primeira vez em que perguntei.

— Não achei que fosse algo importante porque todos pegam as minhas coisas por aqui. Juro que alguém deve ter uma cópia das minhas chaves. Meus acessórios sempre somem e uma arma desaparecida não foi surpresa. É impossível fazer meu trabalho direito às vezes. — Bill balançou a cabeça ao gesticular na direção da arma. — Deixe-me vê-la.

Tyler afastou a arma para que ele não a alcançasse. — Você pode olhar, mas não toque nela. Não quero que destrua alguma prova.

Bill baixou a mão e olhou para a arma. — É a minha arma mesmo. Tem minhas iniciais no cano. Ainda não sei quando alguém teve a oportunidade de colocá-la de volta no lugar. — Ele estava visivelmente suando e pálido.

— Talvez você a tenha deixado cair dentro da caixa e esqueceu. — Tyler cheirou o cano. — O problema é... que ela foi disparada recentemente.

Bill coçou a cabeça. — Isso não é possível. Esvaziei a caixa maior mais cedo hoje quando procurei a arma desaparecida. Não havia arma nenhuma dentro dela porque conferi mais de uma vez. Ela também não estava na caixa de armas no meu trailer. Portanto, alguém deve tê-la removido antes que a gravação começasse.

— Talvez você só não a tenha visto. — Tyler estreitou os olhos. — Onde você estava quando os disparos foram feitos?

— Bem aqui — respondeu Bill. — Eu tinha acabado de distribuir as armas e guardar a caixa menor dentro da caixa grande.

— Tem certeza de que não deixou a caixa sozinha em momento nenhum? Nem por um minuto?

— Bem... somente por cerca de cinco minutos quando saí para fumar um cigarro. Mas Pearl estava aqui o tempo inteiro. Certo, Pearl?

Tia Pearl assentiu. — Não saí de perto dos acessórios. E com certeza não vi ninguém.

Bill acenou na direção do caminhão de alimentação. — Preciso falar com Steven. Chame se precisar de mim.

Tyler, tia Pearl e eu observamos em silêncio enquanto ele se afastava.

Tyler se virou para tia Pearl. — Você viu ou ouviu algo incomum durante as filmagens, Pearl? Alguém no local além dos atores? Ou alguma outra coisa?

— Não, exceto Steven andando em volta dos acessórios. — Ela franziu a testa. — Ele parecia estar esperando que eu fosse embora ou algo assim. Parecia nervoso.

— O quê? — Tyler pegou o bloco. — Quando Steven esteve aqui?

— Enquanto estavam gravando a cena. — Tia Pearl me encarou friamente. — Cen também estava aqui.

— Não vi Steven por perto. Quando eu o vi, ele estava lá. — Apontei para onde Steven e tia Amber tinham estado alguns momentos antes. — Ele e Amber tinham discutido logo antes do tiroteio.

— Eles ainda estavam lá quando os disparos foram feitos? — perguntou Tyler.

Assenti e, em seguida, balancei a cabeça negativamente. — Não tenho certeza. Sei que vi tia Amber sair do local das filmagens. Quanto a Steven, eu não o estava observando o tempo inteiro. Não me lembro de tê-lo visto sair até mais tarde, quando o vi com tia Pearl. — Olhei para minha tia em busca de confirmação. — Eles atravessaram a rua.

Tia Pearl assentiu. — Logo depois, Steven veio para cá onde Cen e eu estávamos perto dos acessórios.

— Não me lembro disso. — Balancei a cabeça negativamente. — Eu só vi você parada ao meu lado. Tenho certeza de que eu teria notado Steven por perto, mas não notei. Com certeza não vi ninguém destrancar nem trancar a caixa. — A alegação de tia Pearl não coincidia com a minha lembrança. Ela só se enganara ou estava tentando desviar deliberadamente a investigação de Tyler?

Tia Pearl pareceu ler meus pensamentos ao apontar para mim. — Você estava ocupada demais assistindo à cena. Deve pelo menos ter visto o atirador. Ou estava ocupada demais sonhando acordada com aquele seu namorado?

Um sorriso leve brincou nos lábios de Tyler. — Vamos voltar a isso. Pode recriar a cena do filme para mim, Cen? Quem estava virado para Dirk?

— Não sei... tudo aconteceu muito depressa. Havia uma nuvem de poeira e pessoas demais na cena para que eu conseguisse realmente ver alguma coisa — respondi. — Talvez apareça na gravação.

— Boa ideia — disse Tyler. — Vamos olhar depois.

— Você não vai prender Steven? — resmungou tia Pearl. — Nem Bill? Acho que eles estão mancomunados.

Tia Pearl tinha tanto ódio do delegado Tyler Gates que constantemente tentava sabotá-lo. Talvez fosse o que ela fazia naquele momento. Mas não era o momento nem o lugar. Um homem acabara de morrer e havia um assassino à solta.

— É um pouco prematuro fazer isso agora. Ainda estou coletando provas. — Tyler se virou para mim. — O que mais você viu?

Olhei para as mesas ao lado do caminhão de alimentação e notei Steven no meio da multidão. Ele conversava com alguns operadores de câmera, mas continuava olhando na nossa direção.

Recontei o que eu vira. — Assisti à cena, mas eu estava distraída por Steven e tia Amber discutindo no outro lado. — Acenei na direção geral de onde eles tinham ficado. — Ouvi os tiros, mas não pensei nada demais até perceber que Dirk não tinha levantado. Só supus que o tiroteio fosse apenas parte do filme.

— Quantos tiros foram disparados? — perguntou Tyler.

— Não me lembro... talvez uma dúzia? — Senti o rosto quente, chocada por um homem ter morrido bem à minha frente e eu não conseguir me lembrar dos detalhes mais básicos. — Isso importa? Quero dizer, quase todas eram balas de festim.

Saltei ao ouvir uma voz feminina suave ao meu lado.

— Posso voltar para o meu trailer agora? — A maquiagem escorrera pelo rosto de Arianne Duval. Ela tremia de forma incontrolável, apesar do tempo quente.

— Só preciso fazer algumas perguntas antes que você vá — disse Tyler. — Notou alguma coisa de incomum em relação à cena?

Arianne balançou a cabeça negativamente. — Não no local da

filmagem. Mas Bill não me entregou uma arma, como deveria ter feito. Tive que vir aqui e pegá-la eu mesma no último minuto.

Tyler ergueu as sobrancelhas. — De onde?

— Da caixa de acessórios. — Ela abaixou a voz. — Não dá para confiar em Bill. Ele está sempre saindo escondido para tomar um drinque. E eu estava irritada porque não havia ninguém aqui. Tive que vasculhar a caixa eu mesma.

— A caixa estava destrancada? — Tyler franziu a testa.

Arianne assentiu. — Frequentemente está.

Bill, que voltara segundos antes, xingou baixinho.

Olhei alarmada para tia Pearl. Alguém estava mentindo. — Tia Pearl, tem certeza de que estava aqui o tempo inteiro?

Tia Pearl revirou os olhos. — Está bem, talvez eu tenha saído por um minuto. Bill me chamou até o trailer. Ele me pediu para procurar uma sela que esquecera em algum lugar.

Isso devia ter acontecido antes da minha chegada. Mas eu vira Bill entregando as armas. Virei-me para Arianne. — Quando você pegou a sua arma?

Arianne olhou friamente para Bill. — Foi cerca de um minuto antes de começarmos a filmar. Percebi que todos tinham uma arma, menos eu. Portanto, tive que vir aqui correndo. Acho que Bill se esqueceu da minha, como normalmente acontece.

Bill balançou a cabeça negativamente.

Se Arianne notou, não demonstrou. — Peguei a arma da caixa e corri para o meu lugar. Em seguida, filmamos a cena. — Ela ficou de boca aberta. — Eu disparei a bala que matou Dirk?

Tyler não respondeu. Em vez disso, virou-se para Bill. — É verdade? A caixa estava destrancada?

— Se estava, não é culpa minha... é daquelas malditas alterações no roteiro. Sempre que olho em volta, Dirk está fazendo mudanças. E nunca são mudanças pequenas. Não só ele queria que a briga com facas mudasse para um tiroteio, como o roteiro ainda acrescentou um cavalo. Pode acreditar nisso... um cavalo? Tive que encontrar uma sela do início do século passado e um cavalo antes da cena seguinte. Não posso estar em dois lugares ao mesmo tempo. Ainda assim, levo a culpa por tudo o que acontece de errado por aqui.

— Pare de culpar todos os outros, Bill. — Arianne sacudiu o punho para ele. — Só o que você faz é cuidar dos acessórios. Qual é a dificuldade nisso?

Bill revirou os olhos. — Quando descobri que uma arma tinha sumido, não havia tempo para fazer nada. Só achei que ninguém perceberia com toda a ação na cena.

Arianne fez uma careta. — E você só supôs que eu era menos importante que os outros?

Bill a ignorou. — Conhecendo Dirk, provavelmente aconteceria mais uma mudança no roteiro. Só não entendo como a sexta arma foi colocada de volta na caixa sem que ninguém notasse.

O olhar de Tyler encontrou o meu.

Ele estava pensando a mesma coisa que eu. Bill, Arianne, tia Pearl ou talvez os três estivessem mentindo.

As gravações do filme e a fortuna financeira que o acompanharia estavam prestes a ficarem suspensas. E nada conseguiria impedir isso, só a verdade.

$\mathcal{T}$yler precisava da minha ajuda, mesmo que não soubesse disso. A bruxaria quase certamente estava envolvida, pelo menos em alguns dos eventos. E eu estava preocupada que tia Pearl tivesse de alguma forma mexido nas armas. De forma intencional ou não, tivera consequências muito reais. E se as ações dela tivessem desviado o caminho para o verdadeiro assassino?

Ou pior. E se as ações dela tivessem causado a morte de Dirk?

Olhei para Tyler, que estava sentado em frente a um dos operadores de câmera, um homem com cerca de cinquenta anos, gordo e grisalho. Cada interrogatório só parecia aumentar as discrepâncias sobre as armas. Em vez de novas pistas, os depoimentos pareciam voltar diretamente para Bill, tia Pearl e as histórias conflitantes deles. Não estávamos avançando.

Forcei os ouvidos e escutei partes da conversa enquanto o homem recontava os momentos antes do tiroteio e Tyler fazia anotações. Ele concluíra os interrogatórios preliminares com a maioria do elenco e das equipes. Apenas alguns dos membros do elenco ainda precisavam dar o depoimento como testemunhas oculares.

A área do lado de fora do banco onde Dirk fora atingido agora estava isolada com a fita policial amarela. Arianne recebera permissão para voltar para o trailer. O interrogatório de Tyler e os depoimentos das testemunhas a tinham colocado na cena, mas atrás de Dirk. A trajetória da bala significava que ela não poderia tê-lo atingido no peito. Apesar de ninguém estar totalmente descartado, vários testemunhos confirmaram o local de Arianne. A bala mortal não saíra da arma dela.

Tia Pearl estava a poucos metros de distância e sua voz aumentou de volume. — Por que você não contou a ninguém sobre a arma desaparecida, Bill? Se quer minha opinião, isso faz com que você seja suspeito. Talvez você tenha matado Dirk e esteja tentando se acobertar.

— Ninguém perguntou nada a você — retrucou Bill.

— Bem, estava na hora de alguém perguntar. — Tia Pearl fungou. — Se quer saber, o delegado Gates está desperdiçando um tempo precioso. Você mesmo me disse que não aguentava Dirk Diamond. Mas não disse isso ao delegado. Está escondendo alguma coisa, Bill?

— Ora, não seja ridícula. Admito que eu odiava Dirk, especialmente por causa da forma como ele atormentava Steven. Mas matá-lo é como matar a galinha dos ovos de ouro. A morte dele nos deixa todos sem emprego. — Ele jogou as mãos para o alto. — Não sou exceção, pois todos odiávamos Dirk. Mas perder a estrela significa perder o filme.

— Aposto como eu conseguiria encontrar algum novo talento. Algum ator desconhecido que não peça a lua — disse tia Pearl. — Mas você teria que pagar adicional de periculosidade a ele para trabalhar nesse filme. Pelo jeito, os atores são bem descartáveis hoje em dia.

Aquilo era algo com que eu concordava com tia Pearl. As mortes de Rose Lamont e de Dirk Diamond eram suspeitas, para dizer o mínimo.

Bill emitiu um som de desprezo. — Esta filmagem inteira está tão desorganizada. Primeiro, tivemos uma mudança de local no último minuto. Depois, todo o roteiro foi reescrito. Não falei da arma desaparecida porque os atores sempre parecem estar acima da lei. Fazem o que querem e nunca ficam encrencados. Ninguém nem segue as regras aqui.

Percebi que ninguém explicara por que o local das filmagens mudara de Hollywood para Westwick Corners. Apesar de eu duvidar que isso tivesse a ver com as mortes, certamente era mais fácil sair impune de um assassinato em uma cidade pequena.

— Mudar de facas para armas parece uma mudança importante no roteiro. As modificações costumam ser tão significativas? — perguntei.

Bill revirou os olhos. — Dirk reescreve as coisas o tempo inteiro. Mas, se eu reclamar, levo a culpa. Nunca me importei muito com isso porque usei todos os meus favores neste negócio e não posso ser demitido. Steven é minha última chance de emprego. Ele é o único disposto a me contratar.

— Consigo entender por que ele é sua última chance — disse tia Pearl. — Steven tem o coração mole. Ninguém mais aguentaria você por muito tempo. Está sempre fugindo para tomar um drinque.

— Fui fumar um cigarro, ok? Se fizer mais algum comentário desse tipo, vou demitir você. Só aguento você como um favor a Steven.

Tia Pearl emitiu um som de desprezo. — Eu que estou fazendo um favor a você. Eu, mesmo bêbada, sou melhor do que você sóbrio. Aposto como eu faria um trabalho muito melhor.

Era uma discussão inútil, pois tia Amber conseguira com Steven o emprego para tia Pearl. No caso improvável de as filmagens serem retomadas, imaginei que tia Pearl também perderia o emprego, já que tia Amber não estava mais falando com Steven.

Bill ergueu as mãos com a palma para fora, como se para afastar tia Pearl. — Nem pense nisso ou farei com que se arrependa.

— Você está me ameaçando? — Tia Pearl parou em atitude desafiadora, com as mãos nos quadris.

— Tia Pearl, pare.

— Pode acreditar que estou ameaçando você. — Bill sacudiu o punho para tia Pearl. — É melhor que vá embora antes que eu abra fogo em você com uma dessas armas.

Subitamente, uma parede de chamas de mais de três metros de altura surgiu à nossa frente. Protegi os olhos da luz intensa enquanto o calor queimava minha pele. Cambaleei para trás.

— Mas o quê... — Bill se afastou das chamas. — É ainda pior do que imaginei. Você matará todos nós.

— Você disse "fogo", só estou seguindo suas instruções. — Tia Pearl bateu os cílios. — Você deveria ser mais específico.

Bill avançou em tia Pearl com uma expressão furiosa no rosto.

Eu bloqueei o caminho dele bem a tempo. — Parem vocês dois. E ajudem-me a apagar o fogo. — O suor escorreu pelo meu rosto por causa do calor. Peguei a caixa de madeira das armas e afastei-a das chamas. — Não é hora para truques, tia Pearl. Seus dias de efeitos especiais e acessórios estão oficialmente terminados.

— Mas eu sou muito boa nisso. — Ela fez um muxoxo.

— Apague o fogo agora. — Eu não conseguiria desfazer o feitiço de outra bruxa. Poderia lançar um dos meus, mas, no calor do momento, minha mente ficou vazia.

— Você quer que eu use bruxaria?

Antes que eu pudesse responder, Tyler carregou um dos galões de água e derramou-o sobre as chamas. Todos nós começamos a tossir muito por causa da fumaça quando o fogo apagou.

— Obrigado — disse Bill.

Tyler apenas balançou a cabeça e virou-se novamente para o homem que estivera interrogando.

Tia Pearl estava enfiando-nos em um buraco ainda mais fundo. Só esperei que Brayden não tivesse visto as chamas do escritório no prédio da prefeitura do outro lado da rua. Steven Scarabelli provavelmente se arrependia de ter colocado os pés em nossa cidade e nunca mais voltaria.

— Vá em frente e faça-me ganhar o dia, Bill. Não me importo se me demitiu — disse tia Pearl. — Vou começar minha empresa de efeitos especiais e garantirei que você nunca mais trabalhe nesta cidade.

— Por mim, tudo bem — retrucou Bill. — Mal posso esperar para sair deste buraco de cidade. Mas, antes disso, vou garantir que seu nome esteja na lama. Ninguém do setor de filmagens trabalhará com você. Posso garantir.

— Acho bom você trancar sua porta hoje à noite. — Tia Pearl abriu um sorriso malicioso. — Por outro lado, não se dê ao trabalho. Tenho a chave do seu quarto. Não que eu precise de chaves para entrar em qualquer lugar.

— O que você quer dizer com isso? — O rosto de Bill ficou vermelho. — Foi você quem mexeu nos meus acessórios, não foi? Eu sabia!

— Tia Pearl, pare com isso! — Puxei-a para longe e sussurrei: — Você percebe que está se incriminando? — Tirar as chaves do hotel de tia Pearl não era o suficiente para manter Bill seguro lá. Eu tinha que distraí-la para que esquecesse aquela briga com ele. — Preciso de sua ajuda.

Ela esticou o lábio inferior em uma careta. — As pessoas dizem que querem minha ajuda, mas acaba sendo algo chato. Amber me colocou com Bill de propósito, só para me manter fora do caminho.

— É exatamente por isso que preciso de você. Quero que fale com tia Amber e descubra que feitiços ela usou para o filme. — Olhei de relance para Tyler. Ele não iria querer a ajuda de minha família porque minhas tias sempre significavam confusão. Mas o que ele não sabia seria um problema ainda maior com o prefeito Brayden Banks.

— Por que se incomodar? Você já tem a arma do crime. — Tia Pearl apontou para Bill. — Sabemos que Bill é culpado. Ele também é incompetente demais para cobrir seus rastros e sair impune.

Bill, que agora estava fora do alcance da voz dela, ainda assim conseguiu perceber sobre o que falávamos. Ele mostrou o dedo médio para tia Pearl em resposta.

— É verdade que Bill é um mentiroso e não é muito bom no que faz. A história dele é suspeita, mas não sabemos exatamente quem foi. Deixe essa parte comigo. Preciso de suas habilidades para outra coisa. Por que tia Amber trouxe *High Noon Heist* para Westwick Corners, para começo de conversa?

— Você quer que eu investigue minha própria irmã? Não sou do Big Brother, sabia? Ou melhor, Big Sister. — Tia Pearl fez aspas no ar com os dedos.

— Quer que alguém mais faça isso?

Tia Pearl balançou a cabeça lentamente quando percebeu o que eu dissera. — Duvido que a bruxaria tenha matado Dirk. Mas, mesmo se

Amber tiver feito algo errado, sei que ela não pretendia matar ninguém.

— Não sei o que aconteceu nem de quem é a culpa, mas sei que foi a bruxaria que trouxe o filme para cá. Precisamos separar o que é real do que é forjado, caso contrário, a investigação poderá ir para o caminho errado.

— Você quer dizer que o delegado Gates poderia ir para o caminho errado. — Tia Pearl emitiu um som de desprezo. — O delegado não conseguiria ver o assassino em plena luz do dia. Por que eu deveria ajudá-lo?

— Faça isso por mim, tia Pearl. — Apertei o braço dela com um pouco mais de força do que o necessário. — E apresse-se. Não há tempo a perder.

Só torci para que não fosse tarde demais.

CAPÍTULO 11

Tyler e eu observamos enquanto tia Pearl desaparecia à procura de tia Amber. Ela acabara de sair quando Brayden Banks se aproximou apressado de nós, com o rosto vermelho de raiva.

— Ai, ai. — O olhar de Tyler encontrou o meu. — Lá vem problema.

Acenei polidamente com a cabeça para Brayden, mas ele evitou meu olhar. O término de nosso noivado fora meses antes, mas era algo sempre constrangedor em uma cidade pequena. Constantemente encontrávamos um ao outro, não importava o quanto tentávamos evitar. E não havia como evitar o fato de que meu novo namorado era subordinado a Brayden. Se era difícil para mim, era ainda pior para Tyler.

Brayden olhou em volta antes de estudar Tyler de cima abaixo. — Encontrar o assassino de Dirk Diamond é nossa prioridade. Deixe todo o resto de lado. Concentre-se nisso e em nada mais. Precisamos solucionar este caso para ontem.

— Estou cuidando disso — respondeu Tyler.

Brayden balançou a cabeça lentamente, como um pai decepcionado com um filho irresponsável. — Não estou vendo muita coisa acontecendo por aqui. Você nem sabe por onde começar, sabe?

— Na verdade, temos algumas pistas boas...

— Pistas? — Brayden fez uma careta de desprezo. — Você deveria ter o assassino a essa altura.

A única motivação de Brayden Banks como prefeito era fazer nome para si mesmo e para Westwick Corners, nessa ordem. O assassinato de um astro de Hollywood era apenas o bilhete de entrada, desde que o caso fosse solucionado. Sem dúvida ele também levaria todo o crédito.

Tyler manteve a posição. — A autópsia será feita amanhã e já temos uma lista de suspeitos.

— Tenho que fazer seu trabalho por você, delegado Gates? Scarabelli é o culpado, todos conseguem ver isso. — O meio sorriso de Brayden medisse que, apesar das circunstâncias, ele estava adorando cada minuto que diminuía Tyler em público.

Tyler abriu a boca para falar, mas mudou de ideia.

— Você já o interrogou? — Brayden bateu o pé no chão impacientemente. Uma camada fina de poeira cobria os sapatos de couro italianos.

Tyler balançou a cabeça negativamente e falou em voz baixa: — Scarabelli é o próximo na minha lista.

Senti-me compelida a defender Tyler. — Ele já encontrou a provável arma o crime. A perícia ainda precisa examiná-la.

— Ninguém perguntou nada a você — retrucou Brayden.

Tyler apertou a boca em uma linha fina ao se controlar.

— Por que você não interrogou Scarabelli primeiro? — Brayden franziu a testa. — Dizem por aí que ele e Diamond tinham problemas por causa do contrato. Portanto, Scarabelli o matou. Não só ele resolveu o problema, como receberá o dinheiro do seguro. Pelo jeito, você não sabia disso.

— Steven Scarabelli colocou a cabeça de Dirk a prêmio? Não acredito nisso. — Lembrei-me da alegação de tia Pearl de que Steven estivera ao lado da caixa de acessórios. Isso o colocava na cena... exceto que eu não o vira lá e estivera bem ao lado dela. Nossos depoimentos meio que anulavam um ao outro. Uma de nós estava errada ou mentindo.

Brayden balançou a cabeça negativamente. — Você é tão ingênua. Scarabelli sabia que Dirk seria difícil, talvez até mesmo que sairia do filme. Ele fez apólices de seguro para as estrelas principais e matou Dirk para receber o dinheiro do seguro. Além de não ter mais que aguentar os ataques de astro dele, nem precisa terminar o filme. É o fundo de aposentadoria dele.

Lembrei-me da morte súbita de Rose Lamont. Talvez alguém quisesse o casal morto, mas Steven Scarabelli parecia um suspeito improvável. Uma sequência de sucesso quase certamente teria um resultado financeiro muito maior do que qualquer seguro. Era difícil trabalhar com Dirk, mas seria ainda mais difícil para Steven ganhar dinheiro sem ele, pois não poderia filmar a sequência sem as estrelas. E era óbvio para todos que Steven adorava seu trabalho. Eu não conseguia imaginá-lo fazendo algo para impedi-lo de trabalhar. Todos também pareciam amá-lo.

Todos, menos Dirk.

Alguém soltou uma exclamação ao meu lado. Virei-me e vi tia Amber, de braços dados com tia Pearl.

— É verdade? Dirk está mesmo morto? — Os olhos dela estavam vermelhos por causa do choro e um lado do rosto estava borrado de maquiagem. — O que acontecerá com o filme?

— O filme está suspenso no momento — respondeu Tyler. — Temos um assassino à solta.

Tia Amber colocou a mão sobre o peito. — Ai, meu Deus, como atriz principal, provavelmente sou a próxima. Primeiro Rose, agora Dirk. Preciso de proteção policial. Minha vida está em perigo!

Brayden revirou os olhos.

— Você está segura, Amber — disse Tyler. — Prometo.

Brayden fez uma careta, mas não disse nada.

— Você foi demitida, lembra? Não está mais no filme. — As palavras saíram da minha boca antes que eu pudesse impedir.

Tia Amber ficou de boca aberta. — Você já sabia disso? Antes mesmo de mim? Cen, você é pior que Steven. Você, sangue do meu sangue, me traiu! Achei que Steven era meu amigo, mas ele só queria tirar vantagem de mim.

— Desculpe, tia Amber. Ouvi a notícia logo antes de Steven falar com você. — Eu inadvertidamente expusera o segredo dela e agora todos sabiam que ela também fora demitida. Entendi a raiva dela, mas não tínhamos tempo para melindres com um assassino entre nós.

Brayden lançou um olhar estranho e confuso para Amber.

Tyler se virou para Brayden. — De onde você conseguiu essas informações sobre Scarabelli?

— Sou amigo do promotor de Los Angeles — disse Brayden. — Estão investigando Scarabelli há meses. Ele está cheio de dívidas e perto da falência. O futuro dele estava inteiramente nesse filme.

Sem dúvida, nossa cidadezinha logo estaria cheia de repórteres de tabloides de Hollywood dispostos a dar a Brayden a exposição que ele queria. E ele passaria todos os detalhes para suas conexões no escritório da promotoria em Los Angeles.

— Então, matar Dirk Diamond não faz sentido nenhum — disse eu. — Esse filme teria dado milhões a Steven Scarabelli. Por que matar o ator principal? — O assassino de Dirk quase certamente era alguém do filme, mas meu instinto me dizia que não fora Steven Scarabelli. Além de ser bem quisto e respeitado, ele adorava fazer filmes. Eu simplesmente não conseguia ver Steven matando o astro que lhe rendera milhões.

Tia Amber soltou uma exclamação. — Steven estava desesperado, mas não mataria ninguém. Nem mesmo por dinheiro. Sei que ele tinha um orçamento apertado, mas matar Dirk não adiantaria de nada. Ele teria ganhado muito mais dinheiro com o filme. Só estava com problemas financeiros temporários.

— Não é de surpreender que você tenha ganhado o papel! — disse tia Pearl. — Ele não conseguiu encontrar mais ninguém pelo preço certo e estava desesperado para preencher a vaga. Eu sabia que tinha alguma coisa.

— Está duvidando do meu talento? — Tia Amber colocou as mãos nos quadris.

Fiquei entre minhas duas tias. — Não há tempo para brigas. Vamos fazer o que pudermos para ajudar a encontrar o assassino.

Tia Pearl franziu as sobrancelhas. — Primeiro Rose Lamont e

agora Dirk Diamond. Eu diria que Brayden provavelmente está certo. Steven Scarabelli encontrou uma nova fonte de receita. É melhor você se cuidar, Amber. Sem dúvida, ele também fez um seguro para você.

— Isso é ridículo. Steven é um escroto, mas não é um assassino. — Uma sombra de dúvida cruzou o rosto de tia Amber por uma fração de segundo, substituída em seguida por raiva. — Se ele me demitiu, com certeza não vai receber seguro nenhum por minha causa.

— Talvez não importe se você está ou não no filme. — Tia Pearl abriu um sorriso leve.

— É claro que importa! — A voz de tia Amber falhou. Ela limpou as lágrimas do rosto. Não estava claro qual era o motivo para ela estar chateada: o fato de ter sido demitida ou os supostos motivos de Steven.

— Tia Pearl! Não especule sobre as coisas dessa forma. É perigoso. — Fiz um movimento de corte no pescoço. Eu não queria dar a Brayden ideias ainda mais malucas.

— Scarabelli e Diamond tiveram várias discussões recentemente. Dizem que Diamond estava prestes a se livrar de Scarabelli. Algum detalhe técnico no contrato ou algo assim — disse Brayden. — Scarabelli estava cheio de dívidas.

Aquilo coincidia com a discussão que eu ouvira mais cedo, exceto pela parte do contrato, pois Dirk Diamond ainda não tinha assinado. Pelo jeito, a fonte de Brayden não sabia desse detalhe.

— Vou investigar — prometeu Tyler.

— É melhor fazer mais do que investigar — disse Brayden. — Quero Scarabelli preso até o fim do dia. Caso contrário, chamarei a polícia estadual de Washington.

— Não temos motivo para prendê-lo — protestou Tyler. — Preciso fazer uma investigação completa antes de chegar a alguma conclusão.

Tia Pearl acenou com a mão. — E os acessórios...

Coloquei a mão sobre a boca de tia Pearl. — Deixe para lá.

— Ele é um risco, delegado Gates. — A expressão de Brayden era de desprezo. — Ou você o prende ou farei com que seu substituto o prenda.

Tyler abriu a boca para responder, mas pareceu pensar melhor.

Houve um longo silêncio antes que ele falasse. — Muito bem. O assassino será preso até o fim do dia. Você tem a minha palavra.

CAPÍTULO 12

prisão de Westwick Corners ficava no andar térreo da prefeitura e consistia em três salas, quatro se a cela fosse contada. Eu estava sentada em um dos dois escritórios ao lado da sala de interrogatório. Meus olhos se concentraram na janela grande de vidro que separava o escritório da sala de interrogatório, onde Tyler interrogava Steven Scarabelli. Eu estava lá como testemunha e caso ele precisasse de corroboração no tribunal. O interrogatório de Steven estava sendo gravado, mas, como o equipamento de vídeo às vezes apresentava defeitos, eu era o plano reserva dele.

De forma não oficial, também ajudei Tyler fazendo anotações e observando a linguagem corporal de Steven. Eu não era investigadora policial, mas, como repórter investigativa, era especialista em perceber anomalias e coisas que as pessoas algumas vezes revelavam sob pressão. Meus palpites frequentemente revelavam segredos, o que torci para acontecer naquela ocasião. Tyler tinha que solucionar o assassinato de Dirk rapidamente se quisesse escapar das tentativas de Brayden de demiti-lo. Ele não tinha outra oportunidade de emprego na cidade e a última coisa que eu queria era um relacionamento à distância.

Tyler e Steven estavam de frente um para o outro à mesa na sala ao lado. O ângulo da câmera fornecia uma visão clara de Steven, que estava inclinado para a frente com os cotovelos sobre a mesa. Ele parecia ansioso para colaborar e responder a qualquer pergunta. Tyler aparecia em perfil. Ele se inclinou para trás e deixou Steven falar na maior parte do tempo.

A voz de Steven Scarabelli falhou quando ele ficou cada vez mais frustrado. — Juro que não cheguei perto dos acessórios nem da arma. Sua testemunha está mentindo.

Aquela testemunha era tia Pearl, que convenientemente desaparecera desde a prisão de Steven Scarabelli. Passava um pouco das quatro horas da tarde. O relógio caminhava inexoravelmente em direção ao prazo de Brayden, mas não estávamos mais pertos da verdade.

— Ok, muito bem. Fale sobre o contrato de Dirk. Por que ele não quis assinar? — perguntou Tyler.

— Não faço ideia. Dei a ele tudo o que pediu e mais um pouco — respondeu Steven. — Olhando para trás, foi quase como se ele soubesse, desde o início, que não assinaria de jeito nenhum. Ele estava fazendo algum jogo comigo. Como se estivesse tentando se vingar ou algo assim.

— Por que ele faria isso?

— Por maldade? — Steven deu de ombros e recostou-se na cadeira, como se estivesse afastando-se dos problemas. — Sinto-me mal de dizer isso sobre alguém que acabou de morrer, mas é a verdade. Não faço ideia de por que ele estava sendo difícil. Eu coloquei Dirk nesse negócio e não sei por que ele iria querer me prejudicar.

— Mas você não foi o mais prejudicado. Dirk está morto. — Tyler se inclinou para a frente. — Talvez Dirk não quisesse assinar o contrato e você não gostou disso.

— Não... dei a ele todos os tipos de concessões. Coisas das quais eu normalmente não abriria mão, como uma grande porcentagem dos lucros. Coisas que eu não podia realmente oferecer, mas que ofereci mesmo assim porque não tinha opção. Eu não podia perder o maior astro.

— Talvez no calor do momento você tenha perdido o controle.

Todas as exigências absurdas dele... — A voz de Tyler morreu quando ele encontrou o olhar de Steven.

Steven ergueu os braços em protesto. — Tínhamos nossas diferenças, mas eu tinha menos motivos para matá-lo do que os outros. Na verdade, estou preso por contrato ao restante do elenco e às equipes para pagar os salários devido a um filme que não posso mais fazer. Foi o acordo que fiz para convencer as pessoas a virem para esta cidade no meio do nada. Estou praticamente arruinado financeiramente agora. Onde vou encontrar um astro com o mesmo apelo que Dirk? Era frustrante lidar com ele, mas eu não o queria morto.

Eu chegara a duas conclusões sobre Steven Scarabelli. Uma, ele era excepcionalmente bom em se incriminar. Dois, ele era inocente.

Fiz uma anotação para conferir as alegações de Steven. A folha de pagamento do elenco e das equipes sem dúvida era grande. Se Steven estava dizendo a verdade, qualquer seguro que ele recebesse mal cobriria as contas. Seguros para grandes estrelas provavelmente faziam sentido do ponto de vista comercial e não faziam parte de algum plano sinistro.

Por outro lado, Steven Scarabelli perdera as duas estrelas principais em questão de dias. E eram marido e mulher. Aquilo parecia muito suspeito. A morte de Rose Lamont fora declarada como tendo causas naturais, mas mesmo assim...

Dei um salto quando ouvi um barulho no escritório mais externo. Meu coração ficou pesado. Provavelmente era Brayden para fazer mais pressão.

Mas não era Brayden.

CAPÍTULO 13

— Ei, ei... há alguém aqui? — A voz artificialmente alegre de tia Amber ecoou do escritório externo.

Xinguei baixinho. Era exatamente do que precisávamos... interferência sobrenatural de uma aspirante a atriz mimada.

A porta abriu. — Cen! Ainda não consigo acreditar que Dirk está morto. Ele era um amigo muito querido. — Ela limpou o olho com um lenço de papel, apesar de os olhos estarem totalmente secos.

Saltei da cadeira e coloquei o dedo sobre os lábios. Acenei com a cabeça em direção à sala de interrogatório, onde Tyler estava finalizando o interrogatório de Steven Scarabelli. — Shhh. O que está fazendo aqui?

— Eu deveria perguntar o mesmo a você. — Tia Amber estreitou os olhos ao olhar para o vidro. — Ahh, aquele homem! Pelo menos, ele está finalmente preso por matar Dirk. Vim dar meu depoimento como testemunha ocular para que possamos condená-lo. Vi tudo o que aconteceu.

— Isso é impossível — retruquei. — Você ainda estava com Steven quando os tiros foram disparados. Vi com os próprios olhos vocês dois conversando.

Tia Amber não respondeu. O olhar dela estava preso nos dois

homens no outro lado do vidro. Ela acenou para Tyler e, em seguida, sacudiu o punho para Steven Scarabelli.

— Eles não conseguem ver você, tia Amber. É um espelho no outro lado.

— Ah. — Os ombros dela caíram em desapontamento quando ela foi até a porta da sala de interrogatório.

— Pare! Você não pode entrar lá — disse eu furiosa. — Eles estão no meio do interrogatório.

A mão de tia Amber caiu ao lado do corpo e ela se sentou à minha frente, suspirando. — Desde quando você ficou tão mandona?

Eu a ignorei e concentrei novamente minha atenção nos homens na sala ao lado.

— Pela última vez, eu não matei Dirk — dizia Steven. — A morte dele me arruinou financeiramente. Todos assinaram o contrato e ele desistiu no último minuto. Tenho que pagar todos eles, mas não tenho um filme com que ganhar dinheiro. Não posso fazer a continuação sem Dirk e, agora que ele está morto, não tenho como recuperar as perdas.

Tia Amber saltou da cadeira. — Que mentira! Ele vai receber aquele dinheiro todo do seguro.

— Sente-se. Tyler sabe disso tudo. Deixe que ele cuide das coisas.

Tyler puxou a cadeira ligeiramente mais perto de Steven. — Quando ele desistiu, você ficou desesperado. Sabia que Dirk não terminaria o filme e resolveu se vingar.

Tyler era muito convincente, mas eu sabia que ele não acreditava na culpa de Steven. Só esperei que a pressão de Brayden para que alguém fosse preso não forçasse uma confissão falsa de um homem inocente.

— Isso é loucura. Eu não estava nem perto de Dirk. — Steven esfregou a testa. — Eu estava ocupado seguindo o último comando de Dirk, que era demitir Amber West.

— Não! É mentira! — gritou tia Amber ao saltar novamente da cadeira. — Dirk era meu amigo. Foi Steven quem me traiu.

— Quieta. Deixe o homem falar. — Levei um dedo aos lábios. Cedo ou tarde, ela invadiria aquela sala e a única coisa que eu poderia fazer era detê-la enquanto conseguisse.

Tia Amber olhou friamente para mim e começou a andar de um lado para o outro enquanto os dois homens continuavam falando. — Steven Scarabelli é um homem mau e desprezível. Eu deveria colocar uma maldição nele.

Revirei os olhos. — Você está exagerando, tia Amber. Não tire um caso de assassinato do caminho certo só porque perdeu o emprego. Deixe a investigação seguir seu curso. — Voltei a atenção para o interrogatório.

— Dirk queria que você demitisse Amber? — Tyler anotou algo no bloco. — Por quê?

— Dirk achava Amber muito irritante. Ele prometera a ela uma parte nos lucros para que calasse a boca. Mas ela começou a exigir coisas como o próprio trailer, uma colocação mais destacada nos créditos, coisas assim. Ela é o único motivo pelo qual viemos filmar aqui em Westwick Corners. Ela me prometeu acomodações de graça e nenhum pagamento para a cidade.

Lancei um olhar frio a tia Amber. — Sabe que não podemos bancar isso. — A renda do hotel mal cobria as contas vencidas. Não podíamos operar sem pagamento algum.

— Mentira. — Tia Amber cuspiu a palavra ao se aproximar novamente da porta.

Eu a segurei pelos ombros e levei-a para a minha cadeira. Encostei na porta, decidida a ficar de guarda para impedir qualquer ataque histérico ou interrupções. Ela teria que passar por mim.

— É verdade essa história de acomodações de graça? Estamos hospedando todas aquelas pessoas no hotel para nada? E alimentando todo mundo? Não temos como fazer isso. — A última conta de mamãe era de mais de trezentos dólares. Steven não era o único com problemas financeiros.

Tia Amber deu de ombros. — Que diferença isso faz? O filme não vai ser terminado.

A raiva ardeu dentro de mim. Havia tanta coisa que eu queria dizer, mas aquele não era o momento. Concentrei-me novamente nos homens do outro lado do vidro.

— Hmm. — Tyler franziu a testa. — Por que Amber faria todas essas promessas se já tinha um papel no filme?

O rosto de Steven ficou vermelho. — Você não acha que a demissão de Amber dá a ela motivo para matar Dirk, acha? Porque somos o álibi um do outro. Estávamos juntos o tempo inteiro.

Tia Amber colocou a mão sobre a boca. — Ele vai distorcer tudo.

Balancei a cabeça. — Steven está defendendo você. Por que está criticando tanto?

— O tempo inteiro? — Tyler escreveu alguma coisa no bloco.

— Bem, a maior parte dele. Ela saiu logo antes do início da gravação da cena. Lembro disso porque, inicialmente, fiquei preocupado de ela correr para a cena e interromper a filmagem. Portanto, fiquei aliviado quando ela foi na direção contrária.

Tia Amber xingou baixinho. — Aposto como ficou. Que idiota.

Meu coração deu um salto. Talvez Steven Scarabelli tivesse ido até o local dos acessórios depois da partida de tia Amber sem que ninguém notasse, pois todos estavam concentrados na gravação. Eu fora distraída por tia Amber, observando quando ela se afastou. Era possível que ele tivesse andado na direção de tia Pearl e eu sem que fosse notado. Pela primeira vez, eu não tinha certeza. Talvez não fosse exatamente o que eu lembrava, mas aquilo em que queria acreditar. Olhei novamente para a sala ao lado.

Tyler franziu a testa. — Há uma coisa que simplesmente não consigo entender, Steven. Por que seria Dirk quem decidia os créditos e quem recebia o próprio trailer? Como produtor, não é você quem determina esse tipo de coisa? Dirk era apenas mais um ator trabalhando para você, mesmo sendo a estrela principal. Por que Amber pediria favores a Dirk? — Tyler se inclinou para a frente. — Não era ele quem comandava o espetáculo. Era você.

Steven suspirou. — Ela achou que eu diria não. Na verdade, eu já dissera não para algumas das exigências mais absurdas de Amber. Ela foi reclamar de mim para Dirk. Ela sabe que Dirk tem... tinha bastante influência e que rotineiramente parava a produção até que suas exigências fossem atendidas. Acho que ela o procurou por despeito.

— É verdade? — sussurrei.

Tia Amber deu de ombros, com os olhos fixos no vidro. O rosto dela estava vermelho com uma raiva mal contida.

— Quando exatamente ele pediu que ela fosse demitida? — perguntou Tyler.

A personalidade forte de tia Amber fazia com que ela fosse difícil às vezes, mas nunca achei que fosse manipuladora. Fiquei surpresa ao saber que ela procurara Dirk depois que Steven negara seus pedidos. Eu sempre achei que ela estivesse acima desse tipo de comportamento. Talvez a promessa de estrelato subira à sua cabeça.

— Logo antes do começo do tiroteio — respondeu Steven. — As reclamações dela o deixaram furioso. Dirk me disse que, se ela não fosse embora, ele iria. Nem mesmo terminaria a cena com ela por perto.

Lembrei-me da discussão do lado de fora do trailer de Steven.

— Achei que Dirk já tinha se retirado do filme. — Tyler pareceu ler minha mente. Ele esfregou o queixo e escreveu algumas frases no bloco.

Steven suspirou. — Ele se retirou do próximo filme, não deste. A primeira filmagem aqui em Westwick Corners era apenas para terminar algumas cenas externas. O filme estava quase pronto.

Agora eu entendia por que tia Amber não estava na cena. O filme dela nem começara a ser gravado ainda.

— Então, Amber foi demitida do próximo filme, logo antes do começo da gravação deste filme? — perguntou Tyler.

— Isso mesmo. Ela não gostou nem um pouco. — Steven balançou a cabeça tristemente. — Teria sido melhor se Dirk não tivesse insistido, pois eu teria lidado com as coisas de forma diferente. Teria deixado tudo mais fácil para ela. Amber só tinha poucas cenas, era um papel secundário. Agora ela me odeia, o que me deixa muito triste. Amber e eu fomos amigos por décadas. Fico muito chateado de pensar que ela acha que era eu quem queria que fosse demitida.

Virei-me para tia Amber. — Isso é verdade? — A alegação dela de participar de um filme de sucesso parecia ser um exagero absurdo, de acordo com Steven. A versão dele fazia muito mais sentido, pois o papel principal de minha tia sempre me parecera estranho.

Ela só fez uma careta para mim, com os braços cruzados. Uma lágrima solitária escorreu pelo seu rosto quando ela se virou de costas para mim.

Parecia improvável que Steven tivesse matado Dirk, exceto de acordo com tia Pearl. Mas ela estava falando a verdade? Não havia provas que comprovassem as alegações dela. Pelo menos, não ainda.

Steven balançou a cabeça. — Conhecendo Dirk, as cenas dela provavelmente teriam parado no chão da sala de corte. Achei que demiti-la foi uma medida muito extrema.

— Que homem maligno! — Tia Amber sacudiu o punho para o vidro. — Ele está inventando essa mentira elaborada para acobertar o que fez. Não vou deixar que ele se safe disso!

— Deixe o delegado fazer o trabalho dele, tia Amber. — Agarrei o ombro de minha tia, mas foi tarde demais.

Ela já estava com a mão na maçaneta da porta da sala de interrogatório. Ela abriu a porta e entrou, apontando o dedo para Steven Scarabelli. — Ele é o assassino. Eu vi tudo!

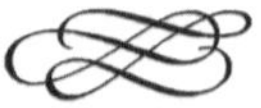

CAPÍTULO 14

Demorou quase uma hora para acalmar tia Amber, mas, em certo momento, ela viu a razão. Ser demitida parecia algo inconsequente agora com o filme suspenso. Ninguém precisaria saber disso porque provavelmente o filme nunca seria terminado. A demissão dela não seria tornada pública e ela não precisaria passar por essa vergonha.

Agora que tia Amber entendia a gravidade da situação, pelo menos parara de acusar Steven de assassinato. Meu testemunho que dizia que ela saíra da cena antes do início do tiroteio corroborava o de Steven. Tudo aquilo significava que ela não teria como ter testemunhado o assassinato de Dirk.

Então, por que ela mentira?

Que um rancor ou, na melhor das hipóteses, uma memória falha pudesse resultar em uma acusação de assassinato era perturbador, para dizer o mínimo. Era duplamente perturbador ouvir aquelas alegações de minha tia, uma pessoa totalmente honesta. Imaginei que ela estivesse tão envolvida com aquela coisa de filme que não agia com a lógica e a razão normais. Além do mais, não estávamos mais próximos de avançar na investigação. As pistas secundárias só desperdiçaram o tempo e o esforço de todos. Era quase certo que Steven

Scarabelli não era o assassino de Dirk. Enquanto isso, o verdadeiro assassino permanecia livre e poderia atacar novamente.

A única coisa boa que acontecera nas horas anteriores fora o jantar que mamãe levara para nós. Ela até mesmo convencera tia Amber a voltar para o hotel para relaxar um pouco. Aquilo me fez sorrir. Eu sabia que mamãe rapidamente a faria trabalhar. O que não necessariamente era algo ruim.

Eu estava sentada à frente de Tyler no escritório dele. Os pratos pela metade com o frango de mamãe tinham esfriado enquanto assistíamos à gravação do filme, quadro a quadro. Mesmo na tela grande, de cinquenta polegadas, era difícil ver toda a ação. Os vários atiradores e a rua cheia de poeira obscureciam tanto a cena que não havia como dizer quem estava atirando em momento algum. Mesmo assim, cinco das seis armas tinham balas de festim, portanto, a gravação não ajudou muito. Precisávamos descobrir qual arma disparara a bala letal. Como Dirk era a estrela, a câmera estava focalizada nele. Isso facilitou ver exatamente quando ele levou o tiro, mas dificultou determinar quem era o atirador fora da tela.

— Talvez uma das câmeras tenha outra perspectiva? — Eu estava esperançosa.

— Não de acordo com os operadores de câmeras. E analisamos todas as gravações.

— Não achei que isso fosse ser tão difícil — disse eu. — Poucos crimes são gravados. Mesmo assim, com todas as testemunhas e a filmagem, ainda não conseguimos ver o que aconteceu.

Tyler assentiu. — Como as balas de festim foram disparadas no mesmo momento que a bala de verdade, é quase impossível determinar quem atirou nele. Só o que podemos fazer é descartar todos exceto os que estavam no lado esquerdo da cena, com base no ângulo do disparo. Mas o problema é como determinar quem estava fora da câmera à esquerda. Sem nenhuma filmagem, só podemos descobrir usando o processo de eliminação.

Ele congelou a tela e apontou para Dirk com o lápis. — Está vendo a expressão no rosto de Dirk? Ele está sentindo dor. Foi bem quando levou o tiro.

Fiz uma careta. — É mórbido capturar a morte de uma pessoa desse jeito. — Eu esperara que a gravação pudesse identificar o assassino, mas as câmeras se concentravam principalmente em Dirk por ser a estrela principal. Como era uma cena de ação, o fundo estava fora de foco a maior parte do tempo, o que também não ajudou.

— Todos parecem estar fora da posição para atingir Dirk — disse Tyler. — Uma bala de uma das armas dos atores o teria atingido nas costas, pois eles o estavam perseguindo. Mas ele foi atingido no peito.

— É verdade — respondi. Os perseguidores de Dirk estavam diretamente atrás dele, com Arianne poucos metros adiante. Todos que assistiam à gravação também estavam atrás de Dirk. — A filmagem descarta todos os atores em cena e quase todos os membros das equipes que trabalhavam por perto.

Apesar de a gravação não incriminar ninguém, pelo menos descartava os atores e alguns dos membros das equipes. Ainda assim, não descartava Steven Scarabelli. Na verdade, fortalecia o caso contra ele. Ou, pelo menos, seria assim sob o olhar de Brayden.

E havia a arma do crime. Ainda era um mistério como ela chegara ao fundo da caixa de acessórios, pelo menos para mim. Mas as acusações de tia Amber corroboravam o depoimento de tia Pearl de que Steven mexera na caixa, o que não deixava a Tyler outra opção além de prendê-lo. Isso deixaria Brayden feliz, mas era algo que me incomodava.

Apesar das alegações de tia Pearl, não tínhamos provas verificáveis que colocassem Steven na cena. Mesmo se ele tivesse chegado perto da caixa de acessórios, como tia Pearl alegava, isso teria acontecido depois da cena de perseguição em que Dirk levou o tiro. Antes disso, ele estivera conversando com tia Amber no mesmo lado da cena que os atores, o que lhe dava um ângulo impossível de atingir Dirk Diamond no peito.

Tyler inclinou a cabeça na direção da cela em que Steven estava trancado. — Tem certeza de que você o viu com Amber?

Eu assenti.

— Se isso é verdade, então ele não poderia ter atirado em Dirk — disse Tyler. — Estou com um homem inocente atrás das grades e minhas mãos estão atadas. A não ser que eu encontre o verdadeiro assassino, não posso liberar Steven. Se eu fizer isso, ficarei sem emprego e Brayden provavelmente chamará a guarda nacional ou algo parecido.

— Não podemos deixar que isso aconteça. — Espetei um pedaço de carne fria com o garfo. — Por quanto tempo você pode mantê-lo preso? — Torci para que fosse tempo suficiente para encontrar o verdadeiro assassino.

— Tenho que liberá-lo ou acusá-lo em vinte e quatro horas. Já é ruim ter que mantê-lo preso, mas acusá-lo? A publicidade ruim vai arruiná-lo e eu me recuso a fazer isso.

— De qualquer forma, você perde — concordei.

— No mínimo, ele será destruído nos tabloides. No máximo, ele será condenado no julgamento e passará o resto da vida na prisão. Tudo isso enquanto o verdadeiro assassino permanece à solta. Tudo isso por causa do seu ex-namorado superzeloso.

Era mais provável que fosse superciumento. Eu estava convencido de que pelo menos parte do comportamento de Brayden era vingança por eu estar namorando Tyler. Não havia muito que eu pudesse fazer, mas era frustrante mesmo assim. Joguei as mãos para o ar. — Não é culpa minha.

— Desculpe, Cen. Não estou culpando você. Só que é difícil investigar um assassinato com um chefe maluco no meu pé. Basta um deslize para que eu perca o emprego.

— Você pode conseguir um emprego na polícia de Shady Creek. Ficaremos a apenas uma hora de distância um do outro. — Eu simplesmente não conseguia ver uma saída. Brayden queria a cabeça de Tyler.

— Não, Cen — disse Tyler. — Não vou deixar que Brayden me intimide. Ele vai me substituir por alguém que dirá sim a tudo. A justiça já é difícil o suficiente em uma cidade pequena.

— Bom, ele não será prefeito para sempre. — Mas pareceria para sempre e eu odiava a pressão quase constante de Brayden e a urgência dele de encerrar o caso a qualquer custo. Eu não podia deixar que a pressão política resultasse na prisão de um homem inocente, mesmo que tivesse que recorrer à bruxaria. Também parecia errado interferir, mas era menos errado.

Tyler suspirou. — Mas parece ser para sempre.

— Eu sei. E também tenho certeza de que não foi Steven. Eu o vi discutindo com tia Amber com meus próprios olhos. Só não entendo por que tia Pearl diz que não. — Testemunhos oculares frequentemente variavam muito porque as lembranças não eram confiáveis. Mas, se não fosse provado, meu testemunho ocular, que poderia liberar um homem inocente, era praticamente inútil. Basicamente, ele era totalmente o oposto do de tia Pearl.

— Também sei disso — comentou Tyler. — Steven matar sua maior estrela termina com a carreira dele. Pelo que entendi, ele está praticamente falido e esse filme o teria tirado do vermelho. Mas, se Steven não matou Dirk, então quem matou?

— Vamos olhar sua lista de novo. — Andei até o quadro branco de Tyler onde ele fizera uma lista do elenco e das equipes. Estudei os nomes. Todos já tinham sido interrogados pelo menos de maneira informal. Coloquei marcas de verificação ao lado de cada pessoa cuja localização fora verificada de forma independente pela filmagem ou, no caso dos operadores de câmeras, pelos ângulos das câmeras e pelas testemunhas.

No entanto, ainda havia dezenas de pessoas que não podiam ser eliminadas. Havia membros das equipes de sobreaviso e pelo menos algumas dezenas de residentes assistindo à filmagem. Pessoas livres para matar, se conseguissem sair impunes. Bill e Pearl eram apenas dois exemplos. Cada pessoa tinha que ter o álibi confirmado pelos outros presentes. A história e a credibilidade de cada um também tinham que ser verificadas.

— Não tenho nada. — Sentei-me, triste pela falta de progresso.

— Vamos assistir novamente. — Tyler começou o filme de novo, avançando até o momento do impacto. Ele pausou o filme e bateu na tela. — Observe o lado esquerdo da cena. Foi de onde a bala saiu.

Dirk colocou a mão no peito uma fração de segundo antes de voltar o olhar para o lado oposto da rua, como se estivesse olhando para o assassino. Uma expressão de reconhecimento cruzou seu rosto no momento exato em que ele caiu na terra.

Dirk vira seu assassino.

Segui o olhar de Dirk, mas não havia ninguém lá. Apenas prédios vazios, cujas janelas escuras contrastavam com o exterior brilhante devido à nova pintura. Cheguei mais perto da tela e apertei os olhos, tentando ver atrás das janelas.

Mas elas não revelaram nada. Os segredos que as janelas escuras continham permaneceriam lá, escondendo um assassino que estava à solta.

eu rosto estava a poucos centímetros da tela, ainda procurando sombras nos pixels.

Mas não havia ninguém, nem mesmo uma sombra. O assassino de Dirk parecia estar invisível. A pessoa estava muito bem escondida, apesar de estar em uma cena de filmagem com várias câmeras e dezenas de testemunhas.

Isso redefinia o conceito de assassinato à plena luz do dia.

Recuei um passo, afastando-me da tela, enquanto Tyler andava de um lado para o outro no escritório agora meio escuro. Tínhamos assistido às filmagens durante horas, mas não estávamos mais perto de identificar o assassino.

Apesar de a rua muito iluminada da cena tornar impossível ver alguém dentro dos prédios, o maior quebra-cabeça era o ângulo da bala. Com base na trajetória, o atirador teria que ficar com parte do corpo para fora de uma janela aberta ou uma porta, revelando pelo menos temporariamente sua localização. Ainda assim, não havia sinais de portas abertas e nenhuma das janelas da frente dos prédios podia ser aberta. Também não havia janelas quebradas. A não ser que o atirador fosse invisível, eu simplesmente não conseguia entender.

— Talvez o assassino tenha deixado alguma pista. Deveríamos verificar a parte de dentro de todos os prédios — disse eu.

— Tenho uma ideia. — Tyler ergueu o dedo ao parar ao lado da porta. Ele se virou e foi para a cela de Steven. — Volto em um minuto.

Observei a porta se fechar atrás dele e peguei o controle remoto para voltar a gravação.

— Ei, ei! — Uma voz estridente soou do teto.

Olhei por cima, surpresa ao ver o fantasma de vovó Vi flutuando perto do teto.

Saltei da cadeira, alarmada. — O que você está fazendo aqui? — Vovó Vi quase nunca saía de casa e eu não fazia ideia do motivo pelo qual estava ali.

— Acho que você se esqueceu — fungou ela, à beira das lágrimas.

Eu não achei que fantasmas pudessem chorar, mas senti meus olhos ficando úmidos também. — Claro que me lembrei. — Eu não conseguia, por nada, me lembrar do que deveria fazer. A morte de Dirk bloqueara todo o resto.

— Então por que não voltou para casa? Íamos fazer poções do amor, lembra?

Coloquei a mão sobre a boca. — Ai, vovó, desculpe! Acho que perdi a noção da hora. Prometo que compensarei você. — Senti um toque de culpa ao perceber como ela ficara preocupada. Vovó Vi nunca saía de casa porque tinha medo de se perder. Os fantasmas não podiam pedir informações aos passantes. Ainda assim, ela saíra do santuário de casa e correra um grave risco pessoal por causa da preocupação comigo.

E eu me esquecera totalmente dela.

— Amanhã? — Sorri esperançosa quando ela flutuou até que seus olhos estivessem nivelados com os meus.

— Você não para mais em casa, Cen. É como se não tivesse mais tempo para sua avó. Todos sempre se esquecem de mim. — Ela balançou a cabeça tristemente. — Acho que sou eu quem precisa de uma poção de atração. Ninguém mais me quer.

— Isso não é verdade, vovó. Eu só perdi a noção do tempo, mais nada. — Aproximei-me instintivamente para abraçá-la, esquecendo que ela era um fantasma. Caí sobre a mesa. — Ai!

— Eu sabia que isso ia acontecer.

— Tyler precisa com urgência da minha ajuda em um caso. — Ponderei revelar os detalhes, mas rapidamente mudei de ideia. Já havia interferência demais da família West e os truques fantasmagóricos de vovó Vi deixaria as coisas ainda piores.

— O que é mais um motivo, Cen. Deixa o trabalho ficar entre vocês e, ante que perceba, serão estranhos.

— É só temporário. Eu pretendia ir falar com você, mas me atrasei. — Senti-me horrível mentindo, mas seria pior ainda ferir os sentimentos de vovó Vi admitindo que eu esquecera. A verdade era que eu não poderia deixar Tyler em um momento em que o emprego dele e o nosso futuro estavam em jogo.

— Você e Tyler são tão chatos. São como um casal de velhos. Você precisa da poção, Cen. Poção do Amor Número Quatorze, acho. Hmmm... talvez Número Doze. Você não percebe, mas está em apuros. Vamos botar sua vida amorosa nos eixos ante que seja tarde demais.

— Ahm... claro, vovó. Prometo que chegarei em casa em poucas horas e faremos nossas poções. — Ela era parte do motivo de sermos um casal chato. Tyler não conseguia ver nem ouvir vovó Vi, mas tê-la como companheira de quarto significava uma culpa sem fim sempre que ele passava a noite lá. Ela respeitava nossa privacidade, mas, só de saber que ela estava lá, eu ficava inquieta. E, apesar de Tyler saber sobre meus talentos sobrenaturais, ele não fazia ideia de que minha avó fantasmagórica estava sempre flutuando em segundo plano. Nem era algo que eu poderia explicar, pois fantasmas desafiavam a lógica. Mesmo de pessoas que acreditavam em bruxas.

Vovó Vi sacudiu a cabeça. — Se quiser manter aquele seu namorado, você precisa apimentar um pouco as coisas. Olhe só para vocês dois, assistindo ao mesmo filme sem parar em um escritório. Não era assim que um homem cortejava uma mulher na minha época. Onde está o romance?

— Não é um encontro, vovó. Estamos trabalhando. — Obviamente, parte do motivo de eu ficar até tarde com Tyler era por ser o único momento em que conseguia ficar sozinha com ele. As coisas ficaram ainda mais movimentadas do que o normal com tia Amber hospedada conosco enquanto estava na cidade. Com as duas, minha casa da árvore escondida parecia mais como um apartamento em oferta no Airbnb. — Aconteceu um assassinato.

— Ah, estou sabendo do assassinato, Cen. Vi tudo.

— Você estava lá? Mas você nunca sai. — Fiquei de boca aberta.

— É claro que eu estava lá! Eu não perderia o início do filme de minha filha por nada. — A forma transparente dela ficou mais escura. — Eu estava tão ansiosa para ver a cena dela, mas aquele rapaz levou um tiro. Acho que a morte dele significa que os minutos de fama de Amber em Hollywood demorarão um pouco mais.

— Tia Amber foi demitida, vovó. Ela não participará do filme. Você não a viu falando com Steven Scarabelli?

— Não. Eu estava assistindo à cena, esperando que ela aparecesse. Só que ela não apareceu.

Isso me deu uma ideia. — Você estava flutuando acima de todo mundo, como está agora?

— Sim, por quê?

— Porque havia alguém lá que não deveria estar.

— Eu estava pensando nisso, pois não consegui entender essa pessoa extra. — Ela flutuou até a tela.

— Quem? — Eu mal disse aquilo quando um barulho alto reverberou pelo prédio. Era o som de metal contra metal, a porta da cela batendo contra as paredes. — Depressa, antes que Tyler volte.

— Cen, escute bem. Vi uma coisa da minha perspectiva. Sabe quem puxou o gatilho?

— Quem? — Ergui a cabeça para segui-la quando ela flutuou na direção do teto.

Ela ergueu os braços para dar um efeito dramático. — Não foi um dos atores. Foi...

Tyler entrou depressa na sala, seguido de Steven Scarabelli. Tyler pareceu confuso ao olhar em volta. — Há mais alguém aqui?

— Não. — Balancei a cabeça negativamente. — Eu estava falando comigo mesma.

Tyler franziu a testa e virou-se para Steven. Em seguida, acenou para que Steven se sentasse na cadeira que eu ocupara alguns momentos antes. — Deixe para lá. Vou liberar Steven agora. Ele me prometeu que não deixará o quarto do hotel, pelo menos até amanhã.

— Ahã. — Vovó Vi moveu os lábios, mas não consegui entender o que ela dissera.

— Hein? — Esforcei-me para ouvir.

— Cen? — Tyler franziu a testa. — Por que você está olhando para o teto?

— O quê? — Abaixei a cabeça. — Ah, meu pescoço está doendo, só estou alongando os músculos.

Tyler tirou uma pilha de papéis da gaveta e colocou-a em frente a Steven. Em seguida, ele bateu nos papéis. — Vou liberar você com a promessa de que não saia da cidade. Assine aqui, na parte debaixo.

Steven fez o que Tyler pedira, rabiscando uma assinatura ilegível no pé da página.

Tyler destrancou a gaveta lateral e tirou um saco plástico transparente com uma carteira, chaves e o restante dos pertences de Steven. Em seguida, entregou-o a Steven. — Há um motorista do lado de fora esperando para levá-lo diretamente para o hotel. Você deverá ir imediatamente para o seu quarto. Não saia, exceto para as refeições na sala de jantar. Não importa o motivo, não saia da propriedade nem da cidade. Entendido?

Steven assentiu. — Entendido.

— Ótimo. Caso contrário, vou ter que prender você por assassinato. E sem fiança.

— Vou ficar no meu quarto — disse Steven. — Tenho muitos telefonemas a fazer e isso me manterá ocupado.

— Sugiro que um desses telefonemas seja para um advogado. E depressa — disse Tyler. — Isso ainda não terminou.

Esperei no escritório enquanto Tyler escoltava Steven até o carro que o aguardava do lado de fora.

— Podemos ir agora, Cen? Não tenho o dia inteiro, sabia? — Vovó Vi se moveu de um lado para o outro na frente da porta aberta, claramente impaciente.

— Logo, vovó, prometo. — Terminei de falar no momento em que a porta externa foi aberta.

Desta vez, Tyler não me ouviu. Ele voltou para o escritório e sentou-se, parecendo exausto.

— E se Brayden descobrir que você soltou Steven? Ele ficará furioso. — O plano de Tyler parecia um grande jogo para mim. Eu não queria que ele perdesse o emprego por liberar Steven Scarabelli.

— Lidarei com isso quando a hora chegar — respondeu Tyler. — Enquanto Scarabelli cooperar, Brayden não dará as ordens. Percebo que é pouco ortodoxo, mas Steven não é nosso assassino. O quarto dele no hotel é muito mais agradável do que uma cela e estou confiante de que sua mãe e Pearl poderão ficar de olho nele.

— É uma excelente ideia — comentei, apesar de não estar inteiramente convencida. Tia Pearl adoraria a ideia de estar envolvida, mas o problema era que ela sempre se envolvia demais. Por outro lado, se isso a mantivesse ocupada, ela ficaria longe de outros problemas. Talvez eu conseguisse convencer vovó Vi a ficar de olho em tia Pearl.

Tyler assentiu. — E isso também me deixa mais livre, já que Scarabelli fará as refeições no hotel. Assim, não preciso me preocupar com ele. Terei mais tempo para investigar. E é melhor também para Steven. Estão começando os rumores de que ele é suspeito. Longe dos olhos, longe da mente.

— Ahh, vou cuidar de um criminoso! — Vovó Vi esfregou as mãos fantasmagóricas animada.

— Ele não é um criminoso — sibilei para o teto. — Nada foi provado.

— Ele será algemado? Vou receber uma arma? — Vovó flutuou a poucos centímetros do meu rosto.

— Nada de algemas. — Balancei a cabeça negativamente. — E certamente nada de armas. — Fantasmas não conseguiam segurar armas e muito menos puxar o gatilho. Não era com ela que eu estava preocupada. Uma arma certamente cairia nas mãos erradas. Era por isso que estávamos ali, para começo de conversa.

— Por que está falando sozinha, Cen? — Tyler estreitou as sobrancelhas. — Você tem agido de forma muito estranha ultimamente. Acho que está perdendo o juízo.

— Só estou cansada. Pensar em voz alta me ajuda a concentrar. — Olhei friamente para vovó Vi, torcendo para que ela percebesse que deveria desaparecer e voltar para casa. Entretanto, ela não se moveu. Eu não tinha planos de apresentar minha avó fantasma, invisível ou não. Vovó Vi usou isso a seu favor.

— Concentração! — Vovó Vi riu e piscou para mim. — Nada que uma poção não cure.

Se pelo menos as coisas fossem tão fáceis...

eixei Tyler no escritório e fui para o Westwick Corners Inn para ver se mamãe precisava de alguma ajuda. Ao subir o caminho para o hotel, ouvi vozes e risadas provenientes do Ponto do Feitiço, o bar que minha família administrava ao lado. Ele ficava a poucos metros do hotel e fiz um desvio no último minuto para ver o que estava acontecendo. Eu não ficaria surpresa se alguns dos membros do elenco e das equipes estivessem afogando as mágoas no álcool e o Ponto do Feitiço era praticamente o único lugar na cidade para isso.

Minhas suspeitas se confirmaram quando abri a porta de madeira pesada e entrei no bar. O Ponto do Feitiço estava cheio de pessoas do elenco e das equipes. Os que estavam hospedados em Shady Creek obviamente optaram por ficar na cidade e espairecer um pouco. Além dos sentimentos conflitantes sobre o próprio Dirk Diamond, parecia que todos esperavam para ver se haveria alguma novidade no caso.

Considerando o estado embriagado de todos, o clima parecia mais como de uma sexta-feira de pagamento à noite do que de pesar. O bar parecia uma cena de biblioteca em um dos livros de Agatha Christie, exceto que todos estavam bêbados. Os palpites e as especulações, alimentados pelo álcool, eram absurdos. Todos se revezavam dando palpites sobre quem matara Dirk. Alguns diziam que Dirk tinha conexão com a máfia e outros sugeriram que ele morrera por causa de um triângulo amoroso.

Alguns até mesmo diziam que a morte de Dirk fora um golpe publicitário bem executado e que esperavam que ele surgisse nas portas do Ponto do Feitiço a qualquer momento, furioso como sempre.

Mas uma coisa ficou bem clara. Nem uma única pessoa no bar achava que Steven Scarabelli matara Dirk. Houve até mesmo uma tentativa fraca de fazer uma vaquinha para pagar um advogado para Steven, que não deu certo porque agora estavam todos desempregados. Isso mostrou o quanto Steven era querido.

Vi tia Amber em uma mesa de canto e sentei-me à frente dela. — Está se sentindo melhor?

— Fiz tudo para ajudar Steven e olhe onde fui parar. — Tia Amber pegou os últimos amendoins do prato no centro da mesa e jogou-os na boca. — Minha carreira está arruinada.

Fiquei alarmada quando ela pegou outro pote de amendoins da mesa adjacente. Tia Amber comia quando estava chateada, mas, no momento, ela parecia estar descontrolada e sem perceber nada à sua volta, incluindo os amendoins que engolia com abandono. Manchas enormes se formaram em seus braços e no pescoço, fazendo com que eu me perguntasse se ela desejava morrer. — Pare de comer esses amendoins. Você sabe que é alérgica.

— Não consigo conviver com isso, Cen. — Tia Amber chorou. — E meus quinze minutos de fama em Hollywood? Agora, nunca acontecerão.

Pelo menos, a mesa de canto nos dava uma certa privacidade. Mas, até mesmo sob a luz tênue do bar, o rosto inchado de tia Amber era claramente visível. — Acalme-se e respire fundo. Onde está seu remédio para alergia?

— Ai, droga. — Ela abaixou a cabeça e esfregou as mãos no rosto. Em seguida, recitou um feitiço em voz baixa, tão baixinho que não consegui entender as palavras. Em questão de segundos, as manchas tinham diminuído para metade do tamanho.

Soltei um suspiro de alívio por ela não ter colocado uma maldição em Steven nem em ninguém mais. Peguei o pote de amendoins e levei-o para a outra mesa.

Sentei-me novamente à frente dela. — Você usou bruxaria para conseguir o papel no filme? — Havia regras rigorosas sobre usar bruxaria para ganho pessoal e tia Amber conhecia todas de cor. Ela normalmente obedecia a todas as regras e era a última pessoa que eu esperaria que as quebrasse. Mas nada naquele dia fora normal.

Ela me ignorou enquanto olhava para o vazio.

Peguei a mão dela e apertei-a de leve. — Tia Amber?

— Pronto, estou melhor agora. — Ela olhou para cima, encontrando meu olhar. A pele dela estava limpa e pálida, sem traço algum das manchas de momentos antes. — Tudo isso está me deixando estressada. É tudo culpa minha. Eu não deveria ter ajudado Steven.

— Como você o ajudou? Achei que tinha sido o inverso. — Eu não conseguia entender como tia Amber conseguira um papel em um filme de sucesso sem experiência nenhuma.

— É claro que eu o ajudei, Cen. Consegui Dirk Diamond para ele.

Revirei os olhos. — Como pode dizer isso? Steven já tinha Dirk Diamond. *High Noon Heist* é a continuação de *Midnight Heist*, que já tinha sido estrelado por Dirk. Foi um sucesso e naturalmente ele participaria da sequência.

— É o que se pensaria, mas Dirk ainda não assinara o contrato. E foi por um bom motivo. Ele achou que Steven estava oferecendo muito pouco.

— Como você sabe o que Dirk Diamond achava? — Abaixei a voz ao perceber que Steven Scarabelli entrara no bar. Xinguei baixinho, alarmada ao vê-lo fora do quarto. Torci para que Brayden não resolvesse passar no bar.

Virei-me novamente para tia Amber. — Dirk pareceu ingrato quando estávamos no trailer de Steven. Mas, se não fosse por Steven, Dirk não teria sido um astro. — Parecia estranho falar sobre Dirk no passado, mas não consegui tirar da cabeça a imagem do cadáver dele. Estava impresso no meu cérebro.

Um clarão de luz chamou minha atenção. Virei-me e vi chamas subindo atrás do bar.

Tia Pearl estava lá e acenou para nós. Ela estava fazendo um péssimo trabalho no bar ou um excelente trabalho em queimar tudo.

Saltei da cadeira, xingando ao bater o joelho na mesa. Corri na direção do bar, escorregando no chão úmido. Recuperei o equilíbrio. — Tia Pearl, pegue água! Apague as chamas!

Ela pegou uma garrafa do bar e moveu-a na mão.

Enquanto eu corria na direção dela, percebi horrorizada que não era água, mas uma garrafa de vodca. — Não!

Dei um salto para pegar a garrafa antes que tudo explodisse, mas bati em uma parede invisível com tanta força que tinha que ser sobrenatural. Caí no chão e dei uma cambalhota para trás até ficar sentada.

Virei-me, esperando ver um inferno. Em vez disso, as chamas agora estavam contidas em dois copos minúsculos, como se nada tivesse acontecido.

Todos no bar olharam para mim por um segundo, até que alguém bateu palmas.

Tia Pearl sorriu. — Ora, vamos, Cen. Levante-se.

Eu a encarei friamente enquanto me levantava. — Chamar atenção não conseguirá uma carreira cinematográfica para você, tia Pearl. Pare com o teatro.

— Ah, como se você pudesse falar. Relaxe, Cendrine. Você age como se nunca tivesse visto um Sambuca flamejante antes. — Ela ergueu os dois drinques com as mãos enluvadas e colocou-os em frente a Steven Scarabelli e Arianne Duval.

Fiquei um pouco inquieta sobre Steven estar no bar. Apesar de ele ter quebrado a promessa que fizera a Tyler de permanecer no quarto, pelo menos permanecera na propriedade. Não havia nenhum outro lugar aonde ir àquela hora e as chances de Brayden visitar o bar eram pequenas. Provavelmente, tudo ficaria bem.

Steven e Arianne pareciam estressados e era compreensível o motivo de quererem beber depois de tudo o que acontecera naquele dia. Especialmente Steven, que provavelmente ainda estava abalado depois de passar algum tempo na prisão. Apesar de as pessoas não estarem exatamente de luto por Dirk, Sambucas flamejantes pareciam demais para o meu gosto. Fiquei imaginando de quem fora a ideia.

Arianne se afastou do copo e abanou a mão sobre ele. — O meu pode ser... ahm, resfriado? — Ela acenou polidamente na minha direção.

Tia Pearl revirou os olhos antes de se inclinar para soprar as chamas do drinque de Arianne, quase queimando as sobrancelhas.

Arianne estremeceu e empurrou o copo com o dedo longo.

Por sorte, Steven mudou de assunto. — Você viu Bill?

— Não. — Pareceu estranho ele perguntar aquilo para mim, dentre todas as pessoas. — Você verificou no quarto dele?

Ele assentiu. — Passei lá há alguns minutos, mas o idiota está me evitando. Ele me deve dinheiro e não posso esperar mais. Preciso pagar todos aqui.

— Quanto exatamente ele lhe deve? — O aspecto do dinheiro me interessava porque isso sempre levava à tona o pior nas pessoas. Bill não mencionara nenhum problema com Steven. Talvez Bill se sentisse constrangido por dever dinheiro. Mas teria sido bom saber que Steven estivera lá para cobrar uma dívida de Bill. Pelo menos, Steven tinha um motivo válido para estar perto dos acessórios. Mas, se fora esse o caso, por que Steven não dissera nada? Ou talvez Bill alegara que Steven estivera perto da caixa apenas para afastar a culpa de si mesmo.

Senti uma mão no meu braço e virei-me para ver tia Amber ao meu lado. Com Steven no outro lado, senti-me um pouco inquieta de que talvez as coisas piorassem. — Talvez seja melhor ajudarmos mamãe agora.

— Por mim tudo bem. — Tia Amber se virou para Steven. — Talvez você ache que conseguirá se safar do assassinato, Steven, mas não vai. Se a polícia não o pegar, eu pegarei.

— Tia Amber! — Passei meu braço no dela e puxei-a para longe do bar, em direção à porta. — Como pode dizer tal coisa ao homem que lhe deu aquele papel?

— Foi meu talento que me deu o papel, Cen. E eu, em troca, ajudei Dirk. Além de ser meu protegido, ele era um amigo querido. Ele nunca se esqueceu de que eu o apresentei a Steven, o que lhe deu o grande papel *dele*. Acontece que isso foi um erro fatal. É tudo culpa minha. — Ela começou a soluçar enquanto eu a levava até a porta. — Talvez eu deva simplesmente acabar com tudo. Sem o papel principal, não tenho motivo para viver.

Abri aporta e arrastei tia Amber para fora, pois ela estava pesadamente apoiada no meu braço. Eu não sabia dizer se ela estava falando sério ou se só queria atenção, mas suspeitei que fosse a segunda opção. Ela queria que Steven se arrependesse de perder as excelentes habilidades teatrais dela.

Ao sairmos para o ar noturno fresco, ela subitamente recuperou as forças. Soltou meu braço e andou na direção do hotel com passos rápidos. Só tínhamos dado alguns passos quando encontramos Tyler vindo do estacionamento.

— Você. — Tia Amber se aproximou de Tyler e bateu com o dedo no peito dele. — Você deixou um assassino à solta. Você deu a ele a liberdade, mas juro que ele não vai aproveitá-la.

CAPÍTULO 17

*E*u tinha acabado de entrar na sala de jantar quando algo desceu rapidamente e quase me derrubou.

Gritei.

Eu me encolhi quando uma onda de ar atingiu minha nuca. Fiquei imóvel, meio que esperando garras na minha cabeça ou nas costas. Apesar de o hotel ser antigo, certamente não havia morcegos, pássaros nem outras criaturas voadoras em seu interior. Não, só podia ser uma pessoa e foi o que mais me assustou. Fiquei imóvel perto do corrimão da escada, preparando-me para o que viria a seguir.

— Cendrine West... pare de se encolher como uma tola! — Vovó Vi flutuou à minha frente, bloqueando o caminho. Pelo menos em teoria, pois, tecnicamente, eu poderia atravessá-la.

— O que você está fazendo aqui? Achei que tinha voltado para casa — sussurrei. Vovó prometera voltar para a casa da árvore, mas imaginei que ela estivesse chateada com todos os hóspedes do hotel. Ela nunca ficava feliz com pessoas hospedadas em seu lar ancestral e eu ficava preocupada de vovó fazer alguma coisa. Só a presença dela era suficiente para complicar as coisas.

Senti olhos em mim. Apesar da hora adiantada, as cadeiras da sala de jantar estavam ocupadas com hóspedes tardios e todos os olhos

119

estavam voltados para mim. Vovó Vi estava invisível para todo mundo, obviamente, e pareci uma louca frenética.

Novamente.

— Vamos para outro lugar — disse eu. — Para a casa da árvore, talvez?

A aparição de vovó Vi ficou mais escura. — Esta é minha casa, lembra? Tenho mais direito de estar aqui do que esses invasores. É tudo culpa de Amber. Nada disso teria acontecido se ela não tivesse trazido aquele filme para cá. Estou um pouco irritada com ela.

Virei-me rapidamente para procurar tia Amber, mas ela não me seguira até a sala de jantar como achei que faria. Virei-me novamente e fui para o saguão. — Vou encontrá-la.

Vovó Vi flutuou atrás de mim, resmungando algo que não consegui entender. A voz dela ficou mais alta ao andarmos pelo corredor. — Você deveria ajudar o coitado do Tyler. Ele está com um problema grande nas mãos. E parece triste.

Tyler realmente parecia triste. Passamos por ele, que estava sentado a uma mesa perto da porta. O prazo de Brayden estava aproximando-se e Tyler não estava mais perto de pegar o assassino.

Vovó Vi era a maior fã de Tyler, mas a paixão dela por meu namorado era um pouco irritante às vezes, além de ser uma certa perseguição. Ele nem sabia que ela existia, mas vovó sabia tudo sobre ele. Eu tinha esse segredo de família assustador que, se revelado, só me tornaria também assustadora. — Estou ajudando, vovó, e não quero discutir. Vamos nos concentrar em encontrar o assassino de Dirk. Você disse que viu tudo. Quero saber o que viu de sua perspectiva acima da cena. Conte-me tudo.

Ela flutuou além de mim e virou-se, flutuando na altura dos meus olhos. — Havia algumas pessoas no local que não deveriam estar lá. Ninguém mais as viu além de mim.

— Quem? — Esqueci momentaneamente que precisava encontrar tia Amber.

Ela balançou a cabeça. — Um homem e uma mulher, mas não sei quem eles são. Estavam escondidos em um prédio vazio do outro lado da rua.

Obviamente. Como fantasma, vovó Vi não só atravessava paredes, como conseguia ver através delas. Por que eu não pensara nisso antes?

— Que prédio? Você conseguiria identificar... — Parei no meio da frase quando a porta do hotel foi aberta. Brayden Banks entrou na sala de jantar segundos depois. Ele acenou com a cabeça e sua voz era fria:

— Cen.

Ninguém imaginaria que, um dia, estivéramos loucamente apaixonados e noivos. No que dizia respeito a ele, eu agora era uma inimiga.

A boca de Brayden era uma linha dura e fina. Obviamente, ele estava furioso com alguma coisa. Ponderei me adiantar à frente dele para avisar Tyler, mas era tarde demais. Ele já estava andando na direção da sala de jantar.

Fui atrás dele e acenei para que vovó Vi me seguisse.

Brayden entrou na sala de jantar e andou em uma linha reta até Tyler, em cuja mesa pequena Steven Scarabelli acabara de se sentar. Steven devia ter saído do Ponto do Feitiço logo depois de tia Amber e eu. Tyler se inclinou para a frente, falando baixinho com Steven.

Brayden parou a poucos centímetros de Tyler e olhou para ele friamente. — Delegado Gates... é esta sua ideia de lutar contra o crime? Sentar-se para tomar um café com um suspeito de assassinato?

Tyler se levantou. — Não é o que estou fazendo. Estou tomando depoim...

— É claro que sim — disse Brayden no tom monótono que usava quando tentava se controlar. — Relaxe e tome seu café. Assim, a polícia estadual saberá exatamente onde encontrá-lo ao assumir o caso e remover suas obrigações.

— Você não pode me tirar do caso. Não quando estou chegando perto de uma prisão.

— Pois espere — disse Brayden. — Você deveria estar com Scarabelli atrás das grades. O que está acontecendo aqui?

— Eu não podia prendê-lo. Há provas conflitante que dizem que prendemos a pessoa errada. — Tyler bateu de leve na tela do notebook. — Ele prometeu não sair do hotel.

Brayden jogou as mãos para o alto e seu rosto ficou vermelho de raiva. — Como pôde soltar Scarabelli? Não podemos ter um assassino à solta. O que as pessoas pensarão? — Para Brayden, só o que importava eram as aparências.

— Ahm, não vou a lugar algum, prefeito — disse Steven. — Vou ficar bem aqui.

Brayden o dispensou com um aceno da mão. — Fique fora disso.

Steven deu de ombros. — Estarei no meu quarto, delegado. — Ele se virou e saiu.

Tyler apertou algumas teclas no notebook e virou-o para que Brayden pudesse ver. — Eu não tinha outra opção além de soltar Steven. Olhe o que descobri.

Era o vídeo das câmeras de vigilância do lado de fora do banco. O filme era preto e branco, com baixa resolução, mas Steven Scarabelli estava à plena vista. — Ele estava bem ali quando os tiros foram disparados. Pode-se ouvir os tiros. Também dá para ver que ele não tem nada nas mãos. Está parado na direção oposta de onde os tiros vieram.

— Não me importo. — O rosto de Brayden ficou vermelho.

Interrompi. — Você não se importa se um homem inocente for acusado de assassinato? Achei que você fosse melhor que isso, Brayden.

Brayden balançou a cabeça. — Você não me conhece nem um pouco, Cen. Nunca conheceu.

Vovó Vi entoou algumas notas musicais e fingiu estar tocando violino. — Mas que drama!

Eu a encarei friamente antes de me virar para Brayden.

Balas não eram a única coisa que voava em Westwick Corners. — Vamos nos concentrar em achar o assassino, que ainda está por aí — disse eu. — Até descobrirmos quem foi, talvez aconteça outro assassinato.

— Fique fora disso, Cen. É uma investigação policial e não é da sua conta. — Brayden subitamente deu um salto para trás e segurou a cabeça.

O teto acima dele rachara, lançando uma chuva de reboco que cobriu a cabeça dele e os ombros do terno azul-marinho. Diretamente acima dele, havia um buraco, que se abrira sem motivo aparente e atingira apenas Brayden.

Vovó Vi estava flutuando atrás de Brayden, rindo.

Fiquei furiosa e contente com ela ao mesmo tempo e tive que fazer o possível para reprimir um sorriso.

— Este lugar é uma espelunca. — Brayden esfregou as mãos no rosto, tirando a poeira dos olhos. Talvez fosse a chuva de reboco ou a ameaça de ter um assassino à solta, mas alguma coisa tivera o efeito de deixá-lo razoável. Brayden pareceu entender que a situação só estava piorando. — Eu lhe darei mais vinte e quatro horas, delegado Gates. Mas, depois disso, vou chamar a polícia estadual.

— Não será preciso. Teremos o assassino antes disso. — Tyler franziu a testa.

Torci para que ele estivesse certo. Precisávamos impedir a carnificina antes que o assassino agisse de novo.

CAPÍTULO 18

Depois de falar com mamãe na cozinha, Tyler e eu voltamos para a sala de jantar. Tia Amber aparecera novamente. Ela estava sentada à uma mesa ao lado da porta da cozinha, batendo o pé no chão impacientemente. Ela parecia inquieta, provavelmente porque o prefeito Brayden Banks ainda estava lá.

Brayden limpara a poeira do reboco e devorava uma porção dupla da torta de cereja de mamãe. Ele parecia contente, pelo menos até ver que andávamos na direção de sua mesa. Tia Amber se levantou e começou a nos seguir.

Independentemente da conversa que acontecera entre Brayden e Tyler, eu achava que precisávamos de testemunhas. Nós três ficamos parados esperando que Brayden olhasse para cima, mas ele continuou olhando para a torta, completamente absorto.

— Fui eu — disse tia Amber, alto o suficiente para que todos na sala de jantar ouvissem. — Eu matei Dirk Diamond.

Brayden ficou de boca aberta, com o garfo parado no ar. — O que está dizendo? Você ajudou Scarabelli?

Tia Amber estava rapidamente afundando-se em encrencas graves demais até mesmo para uma bruxa desfazer.

— Você não tinha como ter feito isso. — Encarei minha tia,

torcendo para que ela parasse de falar. — Eu vi você se afastar antes do disparo dos tiros.

— Posso não ter disparado o tiro, mas ajudei mesmo assim. — Tia Amber sorriu como se tivesse dito a coisa mais inconsequente do mundo.

Brayden largou o garfo. — Como exatamente? Você conseguiu a arma para Scarabelli?

Tia Amber só sorriu.

— Você contratou um assassino? — O rosto de Brayden mostrou uma expressão de confusão.

Inclinei-me para a frente e sussurrei no ouvido de minha tia. — Por que você está fazendo isso? Só está complicando as coisas. Isso desviará a investigação inteira.

— Relaxe — disse ela baixinho. — É tudo parte do meu plano.

— Esqueça seu plano. — Segurei o braço dela e puxei-a alguns metros para longe. Eu estava cansada do drama de tia Amber. A cidade, sem falar em Dirk, teria ficado melhor se o filme nunca tivesse acontecido. — Isso é uma coisa séria. Quando você for presa, não poderá voltar para Londres.

— Ai, eu não tinha pensado nisso. — Ela arrumou os cabelos com a mão e sorriu para o casal sentado na mesa ao lado.

Como eu suspeitara, tia Amber queria os holofotes para si sem pensar direito.

Brayden apontou para Tyler. — Você a ouviu, delegado Gates. Por que não a prendeu ainda?

Tyler abriu a boca para responder, mas mudou de ideia. Ele tirou um par de algemas do bolso do casaco e algemou tia Amber.

— Tia Amber! Diga a ele que não estava falando sério. — A tática de distração dela, se era isso mesmo, ameaçava desviar a investigação de Tyler mais uma vez.

Ela me ignorou ao estender os pulsos. — Sou cúmplice de Steven. Nós dois matamos Dirk.

— Prenda-a, Gates. — Brayden apontou para tia Amber. — Não deixe que essa daí escape também.

Fiquei de boca aberta, chocada com a hostilidade de Brayden.

Apesar de não haver mais amor algum entre Brayden e eu, ele sempre gostara de tia Amber na época em que namorávamos. Mas, agora, ele não via nada de errado em prender tia Amber enquanto comia a torta de mamãe.

— Espere! Eu menti... não fiz nada. Mas estou correndo perigo de vida. — Tia Amber reprimiu um soluço ao olhar em volta da sala de jantar. Ela tinha um público cativo. Todas as pessoas tinham parado de comer, falar e o que mais estavam fazendo para olhar para ela. — Preciso ficar sob custódia protetora. Delegado Gates, minha vida está em suas mãos.

Pelo menos por alguns minutos, tia Amber foi a atração principal.

Se pelo menos ela soubesse que isso teria um preço terrível...

CAPÍTULO 19

Finalmente conseguimos tirar tia Amber da sala de jantar e levá-la para a cozinha, onde não poderia criar mais problemas. Mas o dano já fora causado.

Vovó Vi, que ficara de vigia na sala de jantar, voltara rapidamente para nos informar que Brayden tinha acabado de telefonar para a polícia estadual de Washington. Ele queria que participassem da investigação sem que Tyler solicitasse.

Tia Amber mexeu as algemas. — Essas algemas estão me matando, Tyler. Por que preciso usá-las?

Ele suspirou. — Você as pediu, lembra? Não me deu outra opção além de agir.

— Tyler está prestes a ser demitido por sua causa — acrescentei. — Não sente nem um pouquinho de culpa?

— Por que eu sentiria culpa? Eu só estava tentando ajudar. Você sabe, fazer com que parecesse que Tyler estava fazendo algum progresso. Por que todo mundo ficou tão sensível subitamente?

Balancei a cabeça negativamente. — Confissões de assassinato não podem ser desfeitas, tia Amber. Ninguém se esquecerá de sua atuação lá fora.

Ela imediatamente ficou animada. — É mesmo? Minha atuação foi tão boa assim? Ela convenceu você?

Tyler balançou a cabeça. — Não é hora de ser teatral, Amber. Vou tirar as algemas, mas você precisa me prometer que, desta vez, ficará de boca fechada. Suba para o seu quarto, não fale com ninguém e não saia, não importa o motivo.

— Mas e se...

— Sem exceções. — Tyler me puxou para perto e sussurrou no meu ouvido: — Não consigo solucionar um assassinato e lidar com sua família maluca ao mesmo tempo. Pode cuidar para que fiquem fora de vista, pelo menos até Brayden ir embora?

— Vou mantê-las ocupadas. — Virei-me para minha tia. — Vamos, tia Amber, vamos subir.

Eu não fazia ideia de onde estava tia Pearl. A ausência dela no hotel me preocupava porque provavelmente estava arrumando problemas em outro lugar. Mas eu já estava ocupada demais e tirei-a da cabeça por enquanto.

Depois de escoltar tia Amber para o quarto e arrumar algumas revistas de fofoca de Hollywood, voltei para a cozinha para ajudar mamãe com a limpeza. Fora um dia exaustivo. A manhã não demoraria muito a chegar e manter minhas tias fora do caminho também significava que eu teria que fazer o trabalho de tia Pearl, além de ajudar mamãe com todo o resto. Precisávamos de um plano para manter tudo funcionando e lidar com os hóspedes.

No fim das contas, o horário não foi um problema. Mamãe já tinha uma tarefa para mim: levar o jantar no quarto para Steven Scarabelli. Entre o tempo que ficara preso e os drinques no Ponto do Feitiço, ele perdera o jantar.

Peguei um prato fumegante de rosbife, legumes e molho e saí da cozinha. Fiquei aliviada por ele finalmente ter ido para o quarto para passar a noite. Talvez o elenco e as equipes não o culpassem, mas os fãs furiosos de Dirk Diamond certamente buscariam se vingar. Provavelmente era uma bênção que ele estivesse preso em nossa cidadezinha.

Na verdade, no curto tempo desde que voltáramos para o hotel, meia dúzia de fãs fervorosos tinham aparecido. Eu não os vira, mas, de acordo com um membro da equipe que chegara recentemente, os fãs de Dirk estavam acampados no limite da propriedade do hotel no pé da colina. Mais seguidores estavam reunidos em um santuário temporário de velas e flores no local das gravações na rua principal.

Apesar de os fãs não poderem ver o que acontecia no hotel por estarem acampados do lado de fora do portão, certamente viam quem chegava e quem saía. Mais cedo, Tyler fechara o portão como precaução, portanto, os hóspedes tinham que tocar o interfone para poderem entrar. Isso dava uma impressão de calma, pelo menos na superfície.

As notícias de Hollywood corriam depressa... muito depressa. Nenhum anúncio oficial fora feito ainda sobre Dirk. Westwick Corners era um lugar remoto, escondido na rodovia estadual nordeste de Washington, a várias horas de distância de Seattle. Mas as pessoas já sabiam da tragédia que acontecera lá.

Imaginei que, pela manhã do dia seguinte, a cidade estaria repleta de fãs de Dirk e de repórteres de Hollywood. Isso me deu uma ideia. Pela primeira vez, nossa localização remota me dava uma vantagem e eu pretendia usá-la para uma entrevista exclusiva, caso a conseguisse.

Carreguei a bandeja de Steven Scarabelli para o quarto dele no terceiro andar. Eu estava totalmente consciente de que, pelo menos por enquanto, era a única repórter com acesso a ele. E eu pretendia usar isso a meu favor.

Minha barriga roncou por causa do aroma do sanduíche de rosbife e do molho que carregava. O prato estava pesado com uma porção dupla de carne, pudim Yorkshire, cenouras, purê de batata e um prato separado de molho. Minha boca salivou quando percebi que não comera nada desde a manhã.

Quase colidi com tia Amber que descia a escada com uma mala na mão. — Tia Amber, aonde você vai? Sabe que não pode sair daqui.

— Não posso ficar aqui, Cen. Não no mesmo lugar que um assassino de sangue frio. E se eu for o próximo alvo dele?

— Ele não fará isso. — Equilibrei a bandeja em uma mão enquanto me apoiava no corrimão com a outra.

— Você não sabe. Ele traiu Rose, Dirk e finalmente eu. Não quero mais conversa com aquele homem. — Ela largou a mala sobre o chão com carpete.

Como sempre, tia Amber torcera tudo para ser o centro. — Mas era Dirk que queria que você fosse demitida. Eu estava lá. Ouvi com meus próprios ouvidos.

— Eu gostaria que você parasse de dizer isso. Você só se enganou.

— Não, não me enganei. Lembra-se de quando me apresentou a Dirk? Você voltou para o local da cena, mas eu não. Vi Steven e Dirk discutindo do lado de fora do prédio do banco. Não era sobre o roteiro que discutiam. Era sobre você.

Tia Amber colocou as mãos nos quadris, indignada. — É claro que era sobre mim. Dirk estava me defendendo. Ele é um colega muito leal.

Balancei a cabeça lentamente. — Receio que não seja o caso. Dirk deu a Steven um ultimato. A não ser que Steven demitisse você, Dirk iria embora imediatamente. Steven protestou, mas, no final, teve que concordar com as exigências de Dirk. Ele não poderia fazer o filme sem Dirk. Como ele assinara todos os contratos, ainda tinha que pagar o elenco e as equipes. Dirk o forçaria à falência. E todo mundo ficaria sem emprego. Que opção Steven tinha?

— Você está errada. — Os olhos de Amber se encheram de lágrimas. — Ou talvez apenas esteja do lado de Steven. Ele virou todos contra mim.

— Acha mesmo que eu mentiria para você, tia Amber?

— Eu... eu não sei — fungou ela. — Todos em quem eu confiava se viraram contra mim. Para mim, chega deste lugar. Vou voltar para Londres. — Ela pegou a mala e começou a descer a escada.

Suspirei frustrada. Tia Amber ainda via aquela tragédia toda sob o próprio ponto de vista, não o de Steven. — Você não pode ir embora. Prometeu a Tyler, lembra? Você precisa da permissão dele para sair da cidade.

Tia Amber já estava no pé da escada. Ela se virou e encarou-me friamente. — Não preciso da permissão de ninguém. Farei o que eu quiser e quando quiser.

Suspirei. Eu não queria que Brayden tivesse mais uma desculpa para demitir Tyler. — Por favor, não vá, tia Amber. Fique, por Tyler. Por mim.

— Só não consigo acreditar... — Pela primeira vez, havia um traço de incerteza na voz dela. Seus olhos passeavam sem parar entre a porta e eu.

— Quer uma prova? Talvez eu consiga. — Minha magia mal era adequada para me levar de volta à cena da discussão de Steven e Dirk, muito menos para levar tia Amber comigo. — Nós podemos fazer um feitiço para voltar no tempo e mostrarei a você.

— Nós? — Tia Amber fez um sinal de aspas com os dedos. — Você precisa dominar a magia sozinha, Cen. Nem sempre estaremos por perto para ajudá-la.

— Eu não quis...

— Você só precisa se dedicar.

— Ok, está bem. — Mantive a voz calma, tentando não deixar transparecer a mágoa que sentia. De alguma forma, eu precisava mostrar a verdade para tia Amber. — Vou conseguir, você verá.

Tia Amber revirou os olhos. — Não vejo como um feitiço de voltar no tempo ajudará em alguma coisa. Eu não estava com você quando ouviu Dirk e Steven. Como posso voltar para um lugar em que não estive?

Um relance de inspiração quase me fez cair. — Espere... tive uma ideia. Dirk e Steven estavam do lado de fora do banco. Talvez uma das câmeras que filmava a cena do roubo tenha registrado a conversa deles. — Era algo muito remoto, mas valia a pena tentar.

Aquilo capturou o interesse de tia Amber. — Se está no filme, quero ver.

— Venha comigo enquanto entrego este jantar. Depois, veremos a filmagem. — Tyler não permitiria, portanto, eu teria que fazer isso sem o conhecimento dele. Eu me senti horrível, mas até que tia Amber parasse de acusar Steven, a investigação com certeza seria desviada do caminho certo.

Ou pior. Um homem inocente poderia ser condenado por assassinato. — Você sabe que Steven não teria como matar Dirk. Ele não estava perto de Dirk. — Contei novamente minhas observações sobre a movimentação de Steven, tendo o cuidado de não mencionar nada que fosse da investigação.

— E daí? Talvez Steven tenha usado efeitos especiais para disfarçar a origem da bala. Não sei como, mas tenho certeza de que ele está envolvido de alguma forma. Talvez tenha contratado um assassino para fazer o trabalho sujo. — Ela passou por mim, achatando com o cotovelo a montanha de purê de batata.

Olhei desconsolada para o purê amassado. — Olhe só o que você fez.

— Sério, Cen? Você está preocupada com uma montanha de purê de batata enquanto estamos presas aqui com um assassino?

Balancei a cabeça negativamente. — Não posso levar a comida deste jeito. Parece que alguém enfiou os dedos nela. — Steven suporia que eu fizera isso, o que diminuiria consideravelmente minhas chances de conseguir uma entrevista exclusiva. — Conserte, por favor.

Tia Amber revirou os olhos. — Você deveria conseguir fazer isso sozinha, Cen. É o básico da bruxaria, pelo amor de Deus. Você e sua geração não dão importância a nada hoje em dia. Você realmente precisa se dedicar à magia antes que seja tarde demais.

Comecei a protestar, mas não adiantava discutir. Em vez disso, apelei para o ego de tia Amber. — Por favor? Você é muito mais talentosa que eu.

Deu certo. Ela acenou com a mão e o purê de batata voltou à forma anterior.

— Mais uma coisa: não temos como encontrar o assassino de Dirk sem a sua ajuda. Você sabe que não foi Steven. Alguém aqui sabe de alguma coisa e, de todas as estrelas... — Fiz uma pausa para enfatizar a palavra. — Você é a única que não é de Hollywood. Está em uma posição privilegiada para ajudar.

— Estou? — Tia Amber pareceu duvidosa e desconfiada.

Assenti. — Você é essencial para solucionar o crime porque era muito próxima de Dirk. — E de Steven, quis acrescentar, mas não ousei falar o nome dele. Eu não queria reacender a raiva dela por ter sido demitida.

— Eu era próxima de Dirk e de Rose. Servia de exemplo para os dois. — Tia Amber colocou a mão sobre a boca quando a voz falhou. — Agora, os dois estão mortos.

Olhei para o rosbife, que não estava mais soltando fumaça. Duvidei muito que tia Amber fosse o catalisador da carreira de sucesso de Dirk, mas isso não importava mais. Entretanto, havia uma coisa que eu precisava saber. — Rose morreu mesmo de um aneurisma cerebral?

— Eu... não sei mais. A morte dos dois parece coincidência demais. — Ela limpou uma lágrima do rosto. — Ela era a imagem da saúde.

— Lamento trazer esse assunto à tona em um momento como esse, mas também achei suspeito. — Fiz uma anotação mental para verificar os detalhes.

— Mais do que suspeito. Encerra o caso contra Steven, ele matou os dois — disse tia Amber. — Os dois confiavam nele e agora estão mortos.

— Não acho que tenha sido ele, tia Amber. Ele está financeiramente arruinado. Está sofrendo mais com a morte deles do que todos os outros. Deve ter sido outra pessoa. — Olhei para o corredor, receosa que alguém nos ouvisse. Agora que tia Amber se acalmara, parecia disposta a dar informações realmente úteis. Eu queria mantê-la falando. — Deveríamos conversar em particular. Venha comigo. Só preciso entregar esta bandeja e depois poderemos conversar.

— Está bem. — Ela subiu a escada à minha frente, parando no segundo andar para deixar a mala perto do corrimão. — Para onde vamos?

— Para o terceiro andar. — Propositalmente, não disse a ela para quem era o prato. Se ela soubesse que era para Steven, não iria comigo.

Ela já estava com o humor melhor. Infelizmente, isso significava que o pesar fora substituído pela raiva por Steven. — Steven estressou com Dirk sem motivo algum.

— Consigo entender o porquê. Ele estava com todo o dinheiro que tinha investido na produção quando Dirk simplesmente disse que ia embora. — Reduzi o passo ao nos aproximarmos da porta de Steven. Eu não queria que ele escutasse.

— Há mais coisas além disso — retrucou tia Amber. — Steven

também estava furioso com Bill. Você deveria perguntar a Bill sobre isso.

Era difícil ler a expressão de tia Amber no corredor mal iluminado. — Talvez eu pergunte. — Bati de leve na porta de Steven, preparando-me para o que estava por vir. Torci para que tia Amber fosse pelo menos civilizada com Steven, mas talvez fosse melhor que brigassem e fizessem as pazes.

Mas eu não precisava ter me preocupado com a rixa entre eles. Um problema muito maior estava à nossa frente, algo que eu não teria esperado em um milhão de anos.

CAPÍTULO 20

A porta de Steven abriu com a pressão da minha batida, fazendo com que eu perdesse o equilíbrio. A bandeja do jantar balançou perigosamente, mas consegui recuperar o equilíbrio e estabilizá-la.

— Olá? — A porta se abrira alguns centímetros e tudo estava assustadoramente quieto. Senti-me constrangida de simplesmente entrar, especialmente sabendo que Steven estava no interior.

Nenhuma resposta.

— Tem certeza de que este é o quarto certo, Cen? — perguntou tia Amber.

Não respondi e estiquei o pescoço pela porta meio aberta. As luzes estavam desligadas, as cortinas fechadas e o quarto estava escuro, exceto por uma faixa estreita de luz proveniente da porta semiaberta do banheiro. A luz iluminava algo no chão no interior do banheiro. Parecia uma pilha de roupas ou de lençóis. Empurrei a porta gentilmente, mas ela não se moveu. O que estava no chão me impedia de abri-la.

À medida que meus olhos se acostumaram à escuridão, vi um par de pés. Eles estavam presos à pilha no chão.

— Ai, não! — gritei ao me encolher horrorizada.

— O que foi? O que está acontecendo? — Tia Amber me empurrou para a frente para conseguir ver melhor.

Estendi a mão para dentro, liguei o interruptor e recuei apavorada. O chão estava coberto de sangue.

E o corpo imóvel de Steven Scarabelli.

Tia Amber me empurrou novamente e, desta vez, a porta passou pelos pés de Steven e abriu completamente. A bandeja do jantar caiu das minhas mãos com um barulho alto ao bater no chão. O purê e o rosbife se espalharam por toda parte e a bandeja parou sobre as pernas de Steven.

Dei um passo atrás e colidi com tia Amber, cujo rosto estava agora a poucos centímetros do meu. Nós duas gritamos.

— Ai, não. Steven não. — Coloquei a mão sobre a boca.

— Cen... mas o quê.. — Tia Amber cambaleou para trás.

— Não olhe. — Subi o olhar dos pés de Steven Scarabelli. O rosto dele estava congelado em uma careta e uma faca saía de seu peito. Fiquei de boca aberta, mas sem emitir nenhum som. Apontei desesperada para o corpo.

— Não olhe para o quê? — Tia Amber passou por mim, mas parou imediatamente. — Ai, meu Deus! Alguém ajude!

Olhei em volta do quarto. Além do cadáver de Steven, nada mais parecia fora do lugar. Exceto pela comida espalhada que, percebi, acabara de contaminar a cena do crime. — Tia Amber, espere.— Apontei para o purê de batata que cobria as pernas de Steven. — Acho que acabei de comprometer provas. Que desastre!

Ela arregalou os olhos ao perceber a cena. — É mesmo um desastre. Posso fazer um feitiço de reversão.

Balancei a cabeça negativamente. — Não podemos fazer nada. É a cena de um crime. — Fiquei mortificada por ela considerar tal coisa.

— Ah, certo, acho que é. — Uma lágrima escorreu pelo rosto de tia Amber quando ela se ajoelhou ao lado de Steven. — Nem tivemos a chance de fazermos as pazes. Quem teria feito isso?

Eu a puxei para longe do corpo de Steven. — É melhor sairmos daqui antes de deixarmos as coisas ainda piores. — Tirei o celular do bolso e digitei o número de Tyler.

— Steven, encontrei a garr... Puta merda! — Bill estava parado na porta com uma expressão chocada no rosto. — O que diabos aconteceu?

Tia Amber soluçou. — Steven está morto! Cen trouxe o jantar para ele e... — As palavras dela se transformaram em um choramingar incoerente enquanto eu a conduzia com Bill para o corredor.

Tyler correu pelo corredor em nossa direção. Ele apontou para Bill. — Você estava com ele?

Bill balançou a cabeça negativamente. — Eu só vim ao quarto dele para um drinque. Estive aqui há alguns minutos e fui ao meu quarto para buscar mais uma bebida. — Ele ergueu uma garrafa de uísque com aparência de cara. — Só o deixei por alguns minutos.

Fazia menos de meia hora desde que Steven voltara para o quarto dele.

— Mais alguém entrou no quarto ou saiu dele? — Tyler franziu a testa ao observar o quarto em busca de provas de algo fora do comum. A mesa, a cama e o banheiro pareciam intocados. O único sinal de ocupação era uma mala aberta ao lado da cama.

— Acho que não — disse Bill. — Quando vim aqui na primeira vez, ele disse que tinha acabado de voltar de um passeio pelo jardim. Fez um desvio depois de sair do bar. Disse que estivera pensando sobre o filme e em substituir Dirk.

Uma pilha de papéis estava sobre a mesa. Ao chegar mais perto, percebi que era o roteiro de um filme. As páginas datilografadas estavam cobertas de tinta vermelha. Havia comentários furiosos e pontos de exclamação em todas as páginas. Abaixei-me para estudá-los mais de perto e vi que muitos dos comentários estavam assinados com a inicial D, que imaginei ser de Dirk.

— É uma cópia comentada de *High Noon Heist* — disse eu, apesar de ninguém estar prestando atenção.

Tyler e Bill estavam perto do banheiro e tia Amber perto da porta.

— Juro que não havia ninguém aqui quando saí. E só fiquei fora por um minuto. Meu quarto fica logo ao lado e não consigo imaginar por que não ouvi nada. — Bill balançou a cabeça. — Esta cidade é perigosa. O que está acontecendo?

Senti o cheiro de álcool no hálito de Bill, apesar de estar a quase um metro de distância dele. Ou ele estava mentindo ou a bebida distorcera a estimativa de tempo dele. Alguém certamente visitara o quarto.

— A janela está aberta — comentei. As cortinas fechadas balançavam levemente com a brisa noturna. — Talvez o assassino tenha saído pela escada de incêndio.

Tyler andou até a janela e puxou as cortinas. Em seguida, inclinou-se para fora para ver melhor o chão lá embaixo.

Eu o segui e olhei pela janela. A escada de incêndio terminava no segundo andar. De lá, havia uma queda de cerca de três metros até o gramado. Parecia uma rota de fuga provável. Era impossível ver de onde estávamos no terceiro andar, mas o assassino poderia ter deixado rastros na grama ou outras provas. A não ser que tivesse fugido pelo corredor, o que implicava que o assassino ainda estava dentro do hotel. Estremeci involuntariamente.

Abaixei a voz para que Bill e tia Amber não conseguissem ouvir. — Acho que agora Brayden não pode ficar com raiva de você.

Ele suspirou. — Não posso acusar um homem morto, posso? Espero que eu não seja o único que tenha riscado Steven da lista de suspeitos.

Tia Amber se virou para Bill. — Steven estava agindo de forma tão estranha ultimamente, como quando gritou com você por causa da arma desaparecida.

— Esqueça isso. — Bill fez um gesto de indiferença. Ele parecia ansioso para ir embora.

— Espere... que história é essa sobre a arma desaparecida? — Tyler se afastou da janela para encarar Bill.

— Eu contei a Steven sobre a arma desaparecida assim que percebi — disse Bill. — Ele me disse para não me preocupar. Que ele tinha coisas mais importantes com que se preocupar.

— Por que você não mencionou isso antes? — Tyler franziu a testa. — É um detalhe importante.

— Ele é meu chefe... quero dizer, era. — Os olhos de Bill ficaram cheios de lágrimas. — Eu o estava protegendo. Achei que ele teria problemas por causa da arma desaparecida. Você sabe... pareceria que ele matou Dirk. O que é um pouco irrelevante agora, pois Steven nunca machucaria Dirk. Ou qualquer outra pessoa.

— Eu decido o que é ou não irrelevante — disse Tyler.

— É totalmente importante o fato de a arma ter sido usada em um assassinato. — Tia Amber colocou a mão sobre a boca ao se virar para mim. — Quando foi que Westwick Corners se transformou em um lugar tão perigoso? Não reconheço mais esta cidade.

— Você deveria ter me contado, Bill. — Tyler fez uma careta. — O que mais está escondendo?

— Nada, eu juro. Olhe, só o que sei é que contei a ele sobre a arma, mas Steven disse que tinha coisas mais importantes com que se preocupar. Não sei o que eram essas coisas. — Bill ergueu as mãos com as palmas para cima. — Eu não queria que uma arma caísse nas mãos erradas, mas, quando sugeri informar à polícia, Steven disse para não me preocupar. Tentei argumentar, mas ele era o chefe.

A única pessoa que eu sabia ser inocente era Steven e agora ele estava com uma faca enterrada no peito. O homem que todos amavam, pelo jeito, tinha ao menos um inimigo.

No fim das contas, talvez tia Amber não estivesse exagerando sobre a segurança pessoal dela. Enquanto não soubéssemos o motivo do assassino, todos os outros que participariam do filme também estariam em perigo.

Estremeci ao olhar para tia Amber, que soluçava contra o braço.

Quem seria o próximo?

CAPÍTULO 21

Tyler chamou a médica legista e a unidade de perícia de Shady Creek de volta ao hotel. Tia Amber e eu ficamos de guarda do lado de fora da suíte de Steven enquanto Tyler protegia a cena do crime. Os policiais de Shady Creek chegaram em tempo recorde e, em menos de uma hora, Tyler entregara a cena do crime para a médica legista e os peritos. Em seguida, fomos para o térreo.

Tyler fizera com que todos nós, incluindo Bill, jurássemos segredo. Ele não queria nenhum detalhe divulgado até que o corpo de Steven fosse removido e a cena do crime terminasse de ser processada. Eu entendi o motivo. Todos ficariam histéricos e correriam para o terceiro andar imediatamente. Isso seria muito difícil de gerenciar, pois Tyler era essencialmente uma força policial de um homem só. Com dois assassinatos, estava claro que as coisas estavam piorando.

Meu coração ficou pesado quando chegamos à porta da sala de jantar. Brayden ainda estava sentado à mesa e imediatamente notou tia Amber à solta quando ela atravessou correndo a sala de jantar e entrou na cozinha. Ela estragara a chance de prisão domiciliar no hotel e Tyler não teria outra opção a não ser levá-la para a delegacia.

Mas, primeiro, ele tinha que dar algumas explicações antes que Brayden visse a van da perícia de Shady Creek novamente no estacionamento. Entretanto, Brayden já vira a van e já recebera informações da médica legista. As coisas não estavam nada boas para Tyler e esperei que a polícia estadual chegasse a qualquer momento.

Brayden apontou para a porta da cozinha atrás da qual tia Amber se escondera. — Tire-a de lá.

Fiquei imaginando se Brayden achava que tia Amber também era responsável pela morte de Steven. Parecia algo absurdo, mas, com base na confissão de tia Amber mais cedo de que era cúmplice de Steven, talvez Brayden realmente acreditasse que ela cometera os dois assassinatos.

Tyler inclinou a cabeça na direção da cozinha. — Vou levá-la, mas há algo que preciso lhe dizer antes.

— Podemos conversar mais tarde. — Brayden parecia incrivelmente calmo, considerando tudo o que acontecera.

Um pouco calmo demais, na verdade. Agora eu tinha certeza absoluta de que a polícia estadual estava a caminho. Não havia nada que eu pudesse fazer, nenhuma objeção que pudesse expressar, sem causar mais problemas para Tyler. Portanto, busquei tia Amber na cozinha e encontrei Tyler do lado de fora. Tia Amber e eu entramos no banco traseiro e Tyler desceu a colina, passando pelo portão principal onde dezenas de fãs de Dirk estavam reunidos.

Ela abriu a janela e colocou a cabeça para fora. — Socorro! Estou sendo injustamente incriminada!

Saltei na direção dela, mas fui puxada de volta pelo cinto de segurança. — Pare com isso, tia Amber. Está agindo como uma criança mimada.

Os olhos de Tyler encontraram os meus no espelho retrovisor. Ele não disse uma palavra.

— Sim, é exatamente o que estou fazendo. É minha única chance de um pouco de drama.

— Bem, pare com isso. É totalmente inadequado em um momento como este. Você é pior que tia Pearl. — Eu estava irritada e não sabia quanto mais aguentaria. Eu me sentia especialmente mal por mamãe, que estava cuidando de tudo sozinha no hotel enquanto as irmãs criavam confusão. Tia Pearl provavelmente estava ateando fogo no bar naquele momento.

Dirigimos o restante do caminho até a prefeitura em silêncio. Ao chegarmos lá, encontramos o estacionamento bloqueado por caminhões das equipes de filmagem.

Tyler xingou baixinho e parou em um estacionamento a um quarteirão de distância. Ajudei tia Amber a sair do carro e joguei meu casaco sobre as algemas para escondê-las, mas ela o jogou para longe e acenou com as mãos algemadas no ar.

— Sou inocente! — gritou tia Amber ao cambalear pela rua principal em direção à prefeitura. — É uma farsa de justiça!

Por sorte, a rua principal estava deserta, como sempre. Todas as pessoas do filme estavam no hotel ou em outros lugares.

Aquilo não me deixou menos irritada com o dramalhão de tia Amber. Nós três percorremos a rua, cansados e desanimados. Tyler estava de um lado de tia Amber e eu do outro. Andamos na direção do escritório de Tyler, que ficava dentro da prefeitura.

Ao nos aproximarmos, vi um clarão. No começo, achei que a meia dúzia de homens e mulheres eram parte da equipe do filme, mas não eram familiares. Ao chegarmos mais perto, lembrei-me de que alguns dos fãs de Dirk estavam reunidos no centro. Exceto que não eram apenas os fãs.

Havia também vários repórteres. A notícia realmente se espalhara, pelo menos sobre Dirk. Imaginei quanto tempo levaria para que descobrissem sobre Steven.

Várias vans se aproximaram e, subitamente, havia tantos carros alugados e vans por perto que quase criaram um engarrafamento. Com base no nível frenético de atividade, temi que a notícia sobre a morte de Steven já tivesse vazado. Isso significava que fora Bill ou tia Amber. Ninguém mais sabia.

— Você...

Tia Amber me calou com um movimento da mão. — Estou exercendo meus direitos da quinta emenda, portanto, não pergunte.

— Mas isso é importante, tia Amber. Por que está sendo tão difícil?

Ela só me ignorou. Por algum motivo, a imprensa agora estava na rua principal com toda força. Fiquei chocada ao ver uma van da CNN estacionada no outro lado da rua.

Não atraímos muita atenção até que tia Amber viu as câmeras.

Ela parou rapidamente, quase me derrubando. — Ei, aquela mulher é da CNN. Estamos em rede nacional. — Ela lançou um olhar falso para as câmeras.

Segurei o braço dela. — Vamos entrar. Eles não estão interessados no filme nem em você, tia Amber. Estão aqui por causa do assassinato de Dirk. — Eles não tinham como saber ainda sobre Steven.

Tia Amber se virou para as câmeras e gritou: — Socorro!

Rangi os dentes e apertei o braço dela um pouco mais, meio que esperando que ela saísse correndo. — Vamos entrar.

Àquelas alturas, uma dezena de repórteres nos rodeava, com os braços estendidos segurando gravadores e microfones. — Você o matou?

— Claro que não! — Tia Amber puxou o braço da minha mão. — Eu não matei Steven Scarabelli para me vingar da morte de Dirk.

— O quê? Espere! — Uma mulher loira, com cerca de trinta anos, vestida para aparecer na televisão chegou mais perto e colocou o gravador em frente ao rosto de tia Amber. — Steven Scarabelli também está morto?

Tia Amber se virou para mim como se estivesse em transe. — Não posso dar uma entrevista?

— Claro que não! — A boca de Tyler era uma linha firme e dura. — A única entrevista que dará é para mim. Uma investigação de assassinato é um assunto sério, Amber. Ninguém fala com a imprensa agora, exceto eu. Entendeu?

— Entendi. — Tia Amber parecia desolada. — Vocês dois são um belo casal. Tão certinhos e sempre arruinando tudo por causa dessas regras. Não é de surpreender que você precise de uma poção do amor!

O olhar de Tyler encontrou o meu. A expressão no rosto dele era de confusão.

— Vovó disse isso a você? Por quê... deixe para lá. — Comecei a protestar, mas mudei de ideia. Todos os olhares estavam sobre nós e qualquer coisa que um de nós dissesse ou fizesse apareceria no noticiário. Pelo jeito, Tyler e eu éramos notícia sempre, pelo menos na minha família.

Pareceu uma eternidade, mas finalmente chegamos à prefeitura e entramos no prédio. Tyler trancou a porta atrás de nós.

— Será que vou aparecer na primeira página? — Tia Amber sorriu, com o rosto vermelho de empolgação. Ela estava encantada com a atenção da mídia, mesmo que especulassem se era uma assassina.

— Pare com isso, tia Amber — disse eu furiosa. — Dirk Diamond e Steven Scarabelli são material para a primeira página, não você. Ninguém nem sabe quem você é. Ninguém se importa.

Ela esticou o lábio inferior em uma careta. — Não sei de quem você herdou essa chatice, Cendrine West. Certamente não foi de mim.

— Você está atrapalhando a investigação, tia Amber. Não é o momento para brincar de teatro. Se você realmente se importa, por que não faz algo construtivo e coopera com a investigação?

— Ok, muito bem — disse ela. — Bill não foi a última pessoa a ver Steven vivo. Fui eu.

<h1 style="text-align:center">CAPÍTULO 22</h1>

Demorou quase uma hora para tia Amber contar os últimos momentos com Steven Scarabelli. Ela alegou ser a última pessoa a ver Steven vivo. Isso contradizia a declaração de Bill de ter deixado Steven por um momento enquanto ia no quarto ao lado. Havia apenas uma versão da verdade e um dos dois estava mentindo.

Na verdade, os dois tinham sido pegos em várias mentiras, portanto, nenhum deles podia ser considerado uma testemunha confiável. Isso me preocupava. O fato de tia Amber segurar informações era incriminador, para dizer o mínimo.

Depois de sair do Ponto do Feitiço, ela fora à cozinha para ajudar mamãe com a limpeza. Em seguida, saíra para um passeio no jardim. Ela alegou ter encontrado Steven no jardim que rodeava o hotel. De acordo com tia Amber, eles tinham chegado a uma trégua sobre a demissão dela.

— Depois, voltei para a sala de jantar. Você me viu lá. — O sorriso dela foi totalmente inadequado.

Lembrei-me de vê-la sentada perto da porta da cozinha, com a pele vermelha como a de uma corredora que acabara de cruzar a linha de chegada.

Eu sabia que ela estava mentindo. Fizera muito mais do que

simplesmente chegar do jardim. Não só isso, como eu duvidava que houvesse alguma coisa a negociar sobre o papel dela no filme. Ele acabara com a morte de Dirk, que significava que não haveria mais o filme.

Tyler ergueu o olhar do bloco de anotações. — Então... depois do passeio, Steven foi para o quarto dele e você foi para a sala de jantar.

— Ahm... sim, foi isso que aconteceu. — O rosto dela ficou vermelho quando ela abaixou o olhar. — Entrei pela porta da cozinha.

— Alguma testemunha? — Se ela entrara pela porta da cozinha, mamãe a teria visto. Ela estava mentindo e eu sabia disso.

Tia Amber não respondeu.

Tyler franziu a testa. — Acho que você estava no quarto de Steven, queira ou não admitir. Mentir só trará ainda mais problemas para você. Talvez até mesmo a coloque na cadeia.

Ela deu de ombros ao olhar em volta. — Estou na cadeia.

— Você sabe o que quero dizer, Amber. De verdade. — Tyler correu os dedos pelos cabelos e suspirou. — Sinceramente, seria muito mais fácil para mim simplesmente entregá-la à polícia estadual. Isso tiraria Brayden do meu pé.

— Não, você não pode fazer isso! — Torci para que ele estivesse blefando, mas não poderia culpá-lo se não aguentasse mais.

Tia Amber começou a resmungar baixinho. Ao chegar mais perto para tentar entender as palavras dela, subitamente comecei a me sentir tonta.

— Um, dois, três, faça com que não seja...

Levantei a cabeça subitamente. — Tia Amber, pare com isso! Você não pode usar bruxaria para acobertar um crime. Você, dentre todas as pessoas, sabe que não pode. — A tia Amber que eu conhecia era uma executiva respeitada do alto escalão da associação internacional das bruxas, a WICCA, não uma farsa. A tia Amber que eu conhecia seguia as regras. Ela não impedia investigações. Fiquei chocada com o comportamento dela. Era como se minha tia tivesse se tornado uma estranha.

— Só queria colocar as coisas como estavam antes que eu as perturbasse. — Ela limpou uma lágrima. — Estou encrencada demais.

Fiquei de boca aberta de novo. — Você quer dizer adulterar provas? Estou chocada de pensar que você faria algo assim. — A surpresa de tia Amber parecera muito genuína. Supus que as habilidades de atriz dela fossem muito melhores do que eu imaginara.

— Por que não? Você sabe que não matei Steven e não queria que Tyler perdesse tempo me investigando.

— Você esteve no quarto de Steven depois que ele morreu? Por quê? — Tyler se inclinou para a frente na cadeira.

— Não chegamos a fazer as pazes durante a conversa no jardim porque ainda achei que Steven estava mentindo. Mais tarde, percebi que era verdade, Dirk fizera com que Steven me demitisse. Só fui ao quarto dele para pedir desculpas. Mas foi tarde demais. — Ela soluçou com o rosto nas mãos. — Mas eu com certeza não o matei.

— Você já tinha ido ao quarto dele antes de subirmos para levar o jantar de Steven? — Lembrei-me do ataque histérico dela. Ela realmente era uma boa atriz. — Por que não disse alguma coisa?

— Não sei. Acho que eu estava assustada demais. Entre isso e as edições do filme, acho que pensei...

Saltei da cadeira. — Edições do filme? Do que você está falando?

— Bem, Pearl e eu achamos que seria um gesto simpático se terminássemos o filme. Você sabe, com Dirk morto e tal... De qualquer forma, Pearl adicionou efeitos especiais e editamos o filme um pouco. Cortamos as cenas ruins e coisas desse tipo. Só o que não fizemos foi adicionar minhas cenas ao filme.

— Espere... que cenas ruins? — Até onde eu sabia, tia Pearl não tinha conhecimento nenhum em produção de filmes.

— Você sabe, como quando o ator erra as falas e coisas assim. Achamos que, se fizéssemos uma limpeza de leve, isso ajudaria todo mundo. Pearl e eu só fizemos um pouco do trabalho de pósprodução com bruxaria para que os outros tivessem menos coisas a fazer.

— E o filme terminaria mais depressa — disse eu.

— Ahã. Estávamos quase terminando quando Tyler pegou o filme. — Ela balançou a cabeça. — Muitos cortes. Estava uma confusão até consertarmos um pouco as coisas.

— Você quer dizer que o filme que estivemos analisando esse tempo todo não era o original? Você manteve uma cópia do original?

Ela deu de ombros. — Na última vez em que a vi, estava com Pearl. Mas não sei o que ela fez com a cópia.

Eu tinha que conseguir o filme sem cortes antes que se perdesse para sempre.

Se já não fosse tarde demais.

CAPÍTULO 23

Procurei tia Pearl por toda parte, mas não a encontrei em lugar algum. Ela não estava no centro, no hotel nem a Escola de Encantamento de Pearl.

Atravessei o jardim até o Ponto do Feitiço enquanto Tyler discutia alguns detalhes com Bill na sala de jantar. As vozes dos hóspedes bêbados chegaram aos meus ouvidos quando me aproximei do bar. A julgar pelo volume das vozes, o lugar estava ainda mais cheio. Alguns dos residentes deviam ter chegado para se juntar ao elenco e às equipes.

Abri a porta e olhei em volta, observando quais dos membros do elenco e das equipes estavam presentes. Uma coisa imediatamente me incomodou. Praticamente todos estavam bêbados, a julgar pelo modo como falavam e pelas bebidas derramadas. Era difícil dizer se seriam confiáveis como testemunhas do álibi de Bill.

Esperar até o dia seguinte parecia tarde demais, mas que opção tínhamos?

Vi Kim Antonelli, a ex-agente de Dirk, sentada no bar. Ela estava quieta, concentrada em uma taça de vinho tinto cheia demais.

Fiquei aliviada ao ver tia Pearl cuidando do bar. Pelo menos, ela estava ocupada, mesmo que fosse excessivamente generosa com as doses. Ela me viu e sorriu. O bom humor incomum dela me pareceu estranho, mas, pelo menos, ela não mudara para o alter ego, Carolyn Conroe, como costumava fazer no bar. Já tínhamos problemas suficientes.

Andei na direção do bar quando Rick Mazure, o roteirista, se aproximou de Kim. Ele passou o braço em volta dela e bateu em suas costas de leve. Em seguida, sentou-se no banco ao lado dela.

— Acho que você está sem emprego. — As palavras de Rick saíram embaralhadas. Obviamente ele bebera muito nas horas anteriores.

Juntei-me a tia Pearl atrás do bar. — Tia Amber me contou sobre suas aventuras de edição. Preciso do filme original sem edição. Onde ele está?

— Não sei do que você está falando. — O sorriso dela sumiu quando ela se ocupou esfregando uma mancha inexistente no bar.

— Tia Amber está na cadeia e sendo acusada de assassinato. Somente aquele filme pode salvá-la. Você o tem ou não? — A parte do filme era um pouco de exagero, mas poderia facilmente se tornar verdade em poucas horas.

— O quanto ele vale para você? — Ela estreitou os olhos ao estudar minha reação.

— Não é hora de barganhar, tia Pearl. Você o tem ou não?

— Não. — Ela recomeçou a esfregar a mancha invisível no bar. — Mesmo se tivesse, não iria me incriminar.

— Acha mesmo que eu quero ver tia Amber ser julgada por assassinato? Tyler não poderá fazer nada quando a polícia estadual assumir o caso. Eles chegarão aqui a qualquer momento. — Até mesmo tia Pearl tinha um coração. Apesar da rivalidade constante com tia Amber, ela nunca deixaria que a irmã fosse injustamente acusada.

Os olhos dela encontraram os meus quando mencionei a polícia estadual. Ela colocou a mão no bolso e tirou um *pendrive*, que colocou na minha mão. — Você me deve uma.

— Claro — respondi. — Ei, por que não tira uma folga? Assumirei seu lugar por algum tempo.

Para minha surpresa, ela concordou. Uma tia Pearl ocupada era melhor do que uma ociosa, mas eu a queria longe do elenco e das equipes caso tivesse alguma outra ideia maluca. Eu não queria que ela criasse mais problemas para Tyler e a investigação.

Guardei o *pendrive* no bolso, pensando que deveria chamar Tyler e correr de volta para a delegacia. Mas eu ouvira alguns fragmentos interessantes da conversa de Rick e Kim, e precisava saber mais.

Esse era outro motivo pelo qual eu queria ficar no lugar de tia Pearl, pois me dava um motivo para ficar por ali. Eu não queria perder a oportunidade de bisbilhotar. Como agente de Dirk, Kim talvez tivesse algumas informações sobre quem desejaria matar Dirk. Tyler já obtivera o depoimento de Kim, mas talvez o vinho e a atmosfera do bar a fizessem falar um pouco mais livremente.

No entanto, era a companhia dela que falava.

— Vou ficar rico, Kim. Está comigo ou não?

Eu me ocupei arrumando as garrafas atrás do bar. Eu estava de costas para eles, mas com os ouvidos atentos.

Kim não respondeu. Eu queria muito me virar para ver a expressão dela, mas não ousei chamar a atenção sobre mim. Tinha a sensação de que Kim desaprovava a proposta de Rick ou não sabia do que ele estava falando. Ela bebeu o restante do vinho e suspirou.

Rick pediu mais bebidas e obedeci, servindo um novo uísque para ele e outra taça de vinho para Kim. Fiquei parada na frente deles o máximo possível, limpando a mancha imaginária de tia Pearl no bar.

Rick bebeu o uísque em um gole e bateu com o copo no bar. — Sinto falta de Dirk, mas não vou sentir falta do temperamento dele. Ele tratava todos nós como lixo. Especialmente você, Kimmie. — Ele colocou a mão sobre a dela.

Kim lentamente puxou a mão e colocou-a fora do alcance dele, sobre o colo. — Dirk não era a pessoa mais simpática do mundo, mas ainda sentirei falta dele. Nem sei o que farei sem ele. Era meu único cliente e agora estou sem emprego.

— Pode trabalhar comigo. — A mão de Rick se aproximou lentamente da de Kim de novo. — Vou começar minha própria empresa.

Kim balançou a cabeça negativamente. — Sou agente, Rick. Não escrevo roteiros, represento atores. Eu só queria ter mantido mais de um cliente, mas Dirk era exigente demais. Insistiu para que eu trabalhasse somente para ele. O salário era bom, mas olhe como estou agora. Sem emprego, da noite para o dia. — Ela estalou os dedos.

— Não importa, Kim. Posso deixá-la rica. Basta dizer sim para que eu a envolva.

— No que exatamente?

Ele bateu no bolso do casaco. — Já escrevi o próximo vencedor do Oscar. Só preciso que você encontre algumas estrelas para dar vida a ele.

CAPÍTULO 24

Tyler e eu assistimos ao filme de tia Pearl várias vezes em uma hora. O que tia Amber dissera que encontraríamos não era exatamente verdade. O filme que tia Pearl me dera não era exatamente a versão sem cortes nem edições. Em vez disso, era uma versão melhorada com conteúdo bônus.

O conteúdo bônus não era nada parecido com o tipo de coisa normalmente incluída nos filmes. Em vez de cenas engraçadas e finais alternativos, tínhamos algo completamente diferente.

— O que você tinha na cabeça, tia Amber? — Minhas duas tias tinham ido à loucura com o filme, adicionando explosões e outras pirotecnias a cada poucos minutos, além de adicionar um novo papel para tia Amber. Agora, ela era a estrela principal, em vez de Dirk. Elas tinham tomado todo o tipo de liberdade com o filme.

— Não consigo escutar você. Não se esqueça de que me deixou trancada na cela. — A voz dela ecoou nas paredes.

— Não consigo acreditar que elas fizeram isso. — Tyler tirou a chave do bolso e foi para a sala ao lado, voltando em menos de um minuto com tia Amber.

Tecnicamente, ela deveria permanecer na cela, mas, considerando as edições drásticas no filme, precisávamos dela na sala de interrogatório para nos explicar. Claramente, não se podia simplesmente prender uma bruxa e esperar que tudo desse certo.

— Por que não fez uma cópia antes de todas essas alterações? — O rosto de Tyler estava vermelho, claramente frustrado pela falta de controle de versão.

Tia Amber balançou a cabeça lentamente. — Pearl disse para não nos preocuparmos com isso porque não havia tempo. Só estávamos tentando salvar o filme depois da morte de Dirk.

— Por que vocês fariam isso? — Olhei para ela confusa, sem entender.

— Só queríamos terminar o filme para que todos pudessem ser pagos — disse ela. — Achamos que faltavam apenas algumas cenas e nós as inventamos. A trama é um pouco diferente, mas, na minha opinião, é ainda melhor do que a original.

— Ai. Meu. Deus. — Recostei na cadeira e olhei para o teto. Eu estava furiosa com minhas tias, mas também um pouco emocionada. Elas só estavam tentando ajudar. Não... elas estavam ajudando a si mesmas.

— Não é? — Ela sorriu docemente para nós. — Ele está pronto para ser lançado agora e poderemos ganhar um pouco de dinheiro.

— Vocês fizeram isso sem perguntar nada a ninguém? — Duvidei que minhas tias estivessem apenas querendo ajudar de forma abnegada. Elas queriam reconhecimento e viram que refazer o filme era um veículo perfeito para autopromoção.

— Eu não estava falando com Steven, lembra? Ele está morto agora e, de qualquer forma, não poderia dirigir nada. Ninguém aqui parece tomar iniciativa alguma, portanto, assumimos a tarefa de salvar o filme. E foi o que fizemos. Como isso aconteceu não é o que importa agora.

— Importa muito — disse eu. — O filme original sem cortes teria nos ajudado a identificar o assassino de Dirk. — Não falei que também era o assassino de Steven, pois eu tinha certeza de que os dois assassinatos estavam relacionados. A personalidade de tia Amber de assumir o controle das coisas às vezes era um problema sério. —

Agora que vocês alteraram o filme, será muito mais difícil de usá-lo como prova.

— Eu só queria ajudar. — Uma expressão de incerteza cruzou o rosto dela. — Só adicionamos nossos talentos especiais: a minha atuação e os efeitos especiais de Pearl. Não queríamos que Bill nem ninguém mais ficasse no caminho e não contamos a ninguém. Deveria ser uma surpresa.

— Foi mesmo uma surpresa. — As cenas extras teriam sido cômicas se não fosse pela gravidade da situação. Tia Amber tinha várias entradas teatrais e cenas de choro que estavam totalmente fora de contexto para um filme de ação. E, até onde tínhamos assistido, havia pelo menos meia dúzia de cenas de incêndios e explosões. E mal tínhamos chegado à metade do filme.

Tyler pausou o filme e congelou-o na cena do tiroteio. — Ali. Olhe à esquerda. Há um pedaço de uma mão ali que não pertence a nenhum dos atores.

Olhei atentamente para a tela. A imagem estava tão borrada que era difícil dizer se a mão pertencia a um homem ou a uma mulher. — Não há arma, mas a pessoa da mão está no ângulo exato de onde veio o tiro. Pena que não dá para ver mais.

Virei-me para tia Amber. — Tem certeza de que não tem uma versão original intocada?

Ela balançou a cabeça lentamente. — Desculpe. Acho que nós nos empolgamos. Ainda posso usar o filme em entrevistas, certo?

— Duvido. Acho que o filme semiterminado pertence ao patrimônio de Steven. Não é como as suas fotografias. — Aquilo me deu uma ideia. O fotógrafo de tia Amber estivera virado para a cena, diretamente em frente ao local onde estava a mão misteriosa. — Ei... você tem alguma fotografia de hoje?

Ela balançou a cabeça. — Só vou recebê-las do fotógrafo daqui a uns dois dias.

— Precisamos daquelas fotografias, tia Amber. Pode telefonar ao fotógrafo e pedir a ele que nos envie?

— Não consigo falar com ele. Tentei telefonar, mas ele não atende — respondeu ela. — É como se tivesse desaparecido da face da terra.

Virei-me para Tyler. — Vamos procurar o fotógrafo de tia Amber imediatamente. O atirador devia estar atrás dela quando ele tirou as fotografias. Talvez a pessoa esteja no fundo.

Tyler assentiu. — Com todas aquelas câmeras por toda parte, é difícil acreditar que não temos o assassino de Dirk gravado. E agora, com o assassinato de Steven, as coisas estão ficando fora de controle.

Era verdade. Eu esperava que Brayden entrasse pela porta a qualquer momento para demitir Tyler. Virei-me para tia Amber. — Ok, verei se consigo um advogado para você. Precisará de um muito bom para lidar com uma acusação de duplo assassinato.

— O quê? Não. Você quer o meu fotógrafo? — perguntou tia Amber. — Posso encontrá-lo em um piscar de olhos.

Andei até ela. — Mas você acabou de dizer que não tinha a menor ideia de onde ele estava.

— Lembrei subitamente. Estou disposta a fazer o que for necessário... quero dizer, a ajudar a solucionar o caso. — Ela olhou friamente para Tyler ao tirar um cartão de visita do bolso e entregá-lo a ele.

— Vou tentar telefonar para ele. — Tyler pegou o cartão e apontou para tia Amber. — Não a deixe ir a lugar algum, Cen. Voltarei em um minuto.

Nós o observamos sair e fechar a porta atrás de si.

— Ele não pode me prender aqui contra minha vontade, pode? — protestou tia Amber. — Estou cooperando, Cen. Talvez seja melhor você telefonar para aquele advogado, no fim das contas.

— Você não está realmente presa neste momento, caso não tenha percebido. E você mesma provocou isso tudo. Não devia ter confessado na frente de Brayden. Você sabe que ele só quer uma condenação rápida, qualquer coisa que faça esta história toda desaparecer.

— Eu só estava tentando melhorar o clima. E olhe onde vim parar. — Tia Amber bateu os cílios e limpou uma lágrima imaginária do rosto. — Foi uma confissão falsa, coagida sob estresse.

— Você não pode dizer esse tipo de coisa, tia Amber. Faz com que Tyler pareça mal. Ele provavelmente perderá o emprego e você não está ajudando a melhorar as coisas. A única forma de consertar isso tudo é solucionar os assassinatos. Onde está esse fotógrafo?

Tia Amber não respondeu e virou-se de costas. Cheguei mais perto, tentando ver o que ela fazia. Vi quando ela sacudiu os ombros e moveu os braços para a frente e para trás, falando em voz baixa.

Encontre minhas fotos e o fotógrafo,

Traga-as para cá, seguras,

Depressa, traga o criador,

Pronto para entregar

Do passado, presente, futuro.

Imediatamente reconheci o feitiço Bumerangue, apesar de nunca tê-lo eu mesma tentado fazê-lo. Era um feitiço intermediário muito acima das minhas habilidades. E que tinha consequências graves se fosse feito de forma inadequada. Feitiços intermediários funcionavam em pessoas e em coisas, portanto, erros podiam ser graves. O feitiço era poderoso, pois potencialmente mudava o presente e o futuro.

Eu não fazia ideia de por que tia Amber queria evocar o fotógrafo, além das fotografias, mas talvez fosse algo necessário quando não se sabia a localização exata de um objeto. Eu provavelmente saberia o motivo se tivesse prestado atenção durante as aulas.

Nós esperamos.

E esperamos.

Nada aconteceu.

— Faz tanto tempo que perdi o jeito. — Tia Amber soluçou com as mãos no rosto. — Gastei todo aquele tempo em aulas de teatro às custas da minha magia. Não dei importância à bruxaria, tudo por uma carreira cinematográfica que está morta. Ai, Cen, o que eu fiz?

Coloquei o braço em volta dos ombros dela. — Está tudo bem, tia Amber. Talvez você apenas esteja tendo um dia ruim. — Mas eu estava muito preocupada. Tia Amber nunca tivera problemas com feitiços.

Os ombros dela sacudiram por causa dos soluços incontroláveis. — Estou muito chateada. Nada está dando certo.

— Deixe-me tentar. — Imaginei que qualquer coisa que desse errado poderia ser consertada por tia Amber. Repeti o feitiço, mas sem esperar nada daquilo.

Em questão de segundos, uma névoa subiu do chão em volta de nós duas, envolvendo-nos em uma nuvem cinza esverdeada. Segundos depois, ela se dissipou e vi um homem alto, magro, de olhos verdes e cabelos loiros. Era o fotógrafo de tia Amber que eu vira mais cedo.

Meu coração foi parar na garganta. Por que meu feitiço funcionara, mas não o de tia Amber? Se eu não soubesse o que fizera de diferente, como poderia desfazê-lo e enviar o fotógrafo de volta mais tarde? E se eu não conseguisse voltar as coisas ao normal?

— O que diabos acabou de acontecer? — O fotógrafo olhou em volta. — Como vim parar aqui?

— Relaxe — disse tia Amber. — Só precisamos fazer algumas perguntas. E pegar aquelas fotografias que você tirou.

— Mas... elas ainda estão na minha câmera. Ainda não fiz nada com elas. — Ele olhou friamente para tia Amber. — Você colocou alguma coisa no meu café, não foi?

Tia Amber balançou a cabeça negativamente. — Não, mas não se preocupe. Está tudo bem. Explicarei mais tarde. No momento, precisamos ver aquelas fotografias.

Ele olhou para a câmera, surpreso ao ver que ainda estava pendurara no pescoço. — Espere um segundo. Deixei a câmera sobre a mesa. Como ela chegou aqui? Estou sendo sequestrado? O que vocês querem?

— As fotografias, seu bobo. Basta entregar o cartão de memória e ninguém será ferido. — Tia Amber estendeu a mão enquanto batia o pé impacientemente.

O fotógrafo mexeu na câmera e tirou o cartão de memória, que entregou a tia Amber. — Ainda não entendo o que está acontecendo.

— Shhh. — Ela colocou o dedo sobre os lábios dele. — Dê-me um minuto, ok?

— Tia Amber! Você não pode...

A porta se abriu subitamente e Tyler entrou com o rosto vermelho de raiva. — De onde ele veio? Vocês não podem usar mag... — Tyler sabia que éramos bruxas, mas não percebia o quanto poderíamos ajudá-lo.

Nem o quanto precisava de nós naquele momento.

CAPÍTULO 25

Tyler esfregou as mãos nas têmporas. — Isto está ficando cada vez pior. Vocês não podem consertar as coisas com bruxaria. Isso só obscurece a verdade. Não faço mais ideia do que é real e do que não é.

Bati de leve na mão dele. — Prometo que vou garantir que as coisas não saiam do controle. — Entretanto, minha preocupação era de que isso já tivesse acontecido. Eu não tinha mais controle sobre minha família, especialmente em se tratando de bruxaria, mas Tyler não precisava saber daquilo.

— Acho que são estas as fotografias que você queria. — Tia Amber entregou o cartão de memória a Tyler. — É melhor conferi-las primeiro antes que eu deixe esse cara ir embora.

O fotógrafo estudou o uniforme de Tyler. — Você é um policial de verdade? Onde estou?

— É claro que ele é de verdade — retrucou tia Amber. — Você está em Westwick Corners, seu bobo. Tirou minhas fotos, lembra?

— Mas eu me lembro de ter ido embora hoje à tarde... — Ele franziu a testa. — Isto não faz parte do filme, faz?

Ninguém respondeu.

— O que diabos está acontecendo comigo? — O fotógrafo começou a suar frio. — Preciso de um advogado?

— Não. Você pode ir embora quando quiser. — Tyler o dispensou com um aceno da mão.

O fotógrafo tentou andar na direção da porta, mas os pés estavam presos no lugar. Ele se abaixou para remover os sapatos, mas também não conseguiu tirá-los. — Há alguma coisa errada. Por que não consigo me mexer?

— Faça o que diz, Amber. Mande-o de volta. — Tyler a encarou friamente.

— Mas e se as fotos não estiverem aí? Terei que chamá-lo de volta.

— Faça o que Tyler diz, tia Amber. — Subitamente, lembrei que fora eu quem lançara o feitiço. Tia Amber provavelmente não conseguiria mandá-lo de volta mesmo se quisesse. — Acho que eu que preciso fazer isso.

Tentei e tentei, mas nada aconteceu.

Tia Amber também tentou.

Nada.

— Quando posso ir embora? — A impaciência do fotógrafo se transformara em medo. Ele esfregou a aliança enquanto o suor brilhava na testa. Ele parecia prestes a ter um ataque de pânico. Precisávamos tirar ele logo dali.

— Relaxe. — Tia Amber acenou com a mão e murmurou algo baixinho.

Os pés do fotógrafo subitamente ficaram livres. Ele perdeu o equilíbrio e caiu no chão. Olhando em volta nervosamente, ele se levantou.

— Mandaremos você para casa em um piscar de olhos. — Tia Amber se virou para Tyler em busca de aprovação. — Terei que levá-lo pessoalmente de volta a Shady Creek.

— Temos que deixá-la ir — disse eu. — Não há outra forma de levá-lo de volta para lá sem envolver outras pessoas. — Se alguém mais o visse, isso poderia alterar o presente e o futuro daquela pessoa.

Tentar novos feitiços para consertar nosso dilema certamente estava além das minhas capacidades e, pelo menos por enquanto, as de tia Amber também. Por sorte, o fotógrafo viera de Shady Creek, não de um lugar mais longe.

— Ok, está bem. Seja rápida e não deixe que ninguém a veja sair. — Tyler já acessava as fotografias do cartão de memória no notebook. Ele analisou cada uma delas, com o rosto perto da tela. Como as fotografias eram de tia Amber, o foco estava no rosto dela e não no fundo, mas a cena atrás era claramente visível.

Nossos esforços para conseguir as fotografias compensaram. Toquei na tela. — Olhe para aquela janela do outro lado da rua. Estou vendo alguém ali. Consegue aumentar?

Tyler e eu observamos tia Amber e o fotógrafo partirem. Em seguida, ele conectou o monitor grande e projetou a imagem nele.

A imagem estava granulada, mas certamente havia alguém observando de uma das janelas no lado oposto da rua. Aquela pessoa tinha um ângulo perfeito para atirar em Dirk Diamond. À distância, era impossível dizer se era um homem ou uma mulher.

Mas uma coisa era certa: a pessoa misteriosa não era parte do roteiro. A loja vazia estava fechada havia mais de ano e as janelas tinham ficado cobertas com tábuas antes da filmagem. As tábuas tinham sido removidas somente para a gravação da cena. Ninguém deveria estar dentro daquele prédio. Ele não era parte do roteiro, além de estar desocupado e trancado.

Demoramos um pouco para descobrir o que estava acontecendo no roteiro no momento exato em que a fotografia fora tirada, mas lentamente montamos uma linha do tempo de acordo com a atividade de fundo que acontecia nas fotografias de tia Amber. Tyler passou por cada fotografia em ordem até chegarmos ao momento logo antes em que Dirk levara o tiro.

Mas, a essas alturas, não havia ninguém no prédio do outro lado da rua. A pessoa misteriosa desaparecera.

Eu começava a duvidar que encontraríamos alguma coisa. Não havia vidros quebrados nem janelas ou portas abertas. Talvez o vulto fosse apenas uma aparição ou fruto de nossa imaginação.

Foi quando vi. Saltei da cadeira e bati na tela grande. — É um homem e agora ele está no telhado. — Isso explicava por que ele não aparecera na filmagem, pois o telhado não fora enquadrado.

Tyler se levantou depressa. — Sabe aquele ditado, "uma imagem vale por mil palavras"? Bem, esta talvez valha um milhão de dólares.

Só havia um problema. O homem não tinha uma arma na mão. Era dolorosamente óbvio para mim que não tínhamos todas as fotografias. Só torci para que o fotógrafo tivesse um segundo cartão de memória.

Tínhamos que solucionar o quebra-cabeça antes que o destino de Tyler fosse selado.

CAPÍTULO 26

Mais de três horas tinham transcorrido. Passava da meia-noite e tia Amber ainda não voltara. Aquilo me preocupou, pois tia Amber dirigia como um piloto da NASCAR e Shady Creek ficava a apenas uma hora de distância. Apesar de ela ter sido forçada a dirigir para levar o fotógrafo de volta, poderia facilmente ter usado bruxaria para a viagem de volta.

Mas ela ainda não voltara.

— Talvez ela possa pegar o segundo cartão de memória do fotógrafo sem precisarmos trazê-lo de volta. — Eu tinha quase certeza de que meu feitiço não funcionaria uma segunda vez. — Vou tentar falar com ela.

O celular de tia Amber caiu na caixa postal. Tentei fazer com que ela me telefonasse, mas minhas habilidades telepáticas eram ridículas. Eu estava chateada e até mesmo considerei chamar tia Pearl e mamãe para me ajudarem.

Tyler bateu no relógio. — Amanhecerá em breve. Não acho que Brayden esperará mais, especialmente com todas aquelas pessoas lá fora. Eu só queria que tivéssemos mais respostas. — Ele andou de um lado para o outro.

Respirei fundo. — Vou tentar aquele feitiço mais uma vez. Talvez eu não tenha pedido tudo na primeira vez.

— Vale a pena — disse Tyler. — Ai, meu Deus, o que estou dizendo? Acho que estou tão desesperado que estou concordando com você.

— Ok, aqui vou eu. — O que ele dissera me fez tentar com mais força ainda. Respirei fundo e repeti o feitiço do Bumerangue. Minhas habilidades não eram tão boas assim e não esperei que o feitiço funcionasse pela segunda vez. Mas, àquelas alturas, tínhamos tudo a perder se alguma coisa não acontecesse depressa.

Desta vez, visualizei uma pilha de fotografias e uma pilha de cartões de memória ao repetir o feitiço. Se havia uma ocasião que merecia usar magia com abandono irresponsável, era aquela. Eu realmente não via como as coisas poderiam ficar piores. Não era exatamente trapaça, pois em algum momento as fotografias aprimoradas seriam feitas. Eu só estava acelerando o processo.

Saltei quando algo surgiu atrás de mim. O barulho foi algo entre pipocas estourando e fogo crepitando, exceto que ficou cada vez mais alto e rápido até que finalmente explodiu em um som crescente.

Uma fumaça cinza esverdeada nos envolveu. Eu mal conseguia ver Tyler do outro lado da mesa.

— Uau! — Tyler tossiu à medida que a fumaça se dissipava. — Isso foi espetacular.

— E eficiente também. — Olhei para minha mão, que continha outro cartão de memória e cerca de uma dezena de fotografias. Eu não sabia se fora sorte ou azar, mas, daquela vez, não havia um fotógrafo histérico nem tia Amber.

A fotografia sobre a pilha mostrava Amber sentada, com a cena da filmagem no fundo, similar às que tínhamos visto no primeiro cartão de memória. A fotografia seguinte parecia ter sido tirada alguns segundos depois da primeira. Todas pareciam estar em sequência. O horário dessas novas fotografias correspondia ao das anteriores, mas elas pareciam ter sido rejeitadas devido à exposição ruim, à composição ou a outros motivos. Talvez fosse por isso que tinham ficado separadas do primeiro lote. Todas as fotografias naquele último lote tinham algum problema.

Mas uma fotografia tinha tudo certo, pois um vulto no telhado estava claramente visível.

Era um homem, com o rosto escondido sob um capuz e com uma echarpe cobrindo a boca e o nariz. Não importou o quanto tentamos aumentar a fotografia, não conseguimos descobrir a identidade dele.

Tyler se inclinou sobre a mesa, observando a fotografia mais de perto. — Eu queria muito reconhecê-lo, mas não reconheço.

Ao parar atrás de Tyler, algo me chamou a atenção. — Olhe para a mão dele. Vi esse anel antes. — Era um anel de sinete preto. Eu não consegui ver o que havia gravado nele, mas era muito familiar. Eu só não conseguia lembrar onde o vira antes.

Se pelo menos eu conseguisse lembrar...

Tyler assentiu. — Pena que não conseguimos ver mais detalhes, pois essa pessoa não tinha motivo nenhum para estar lá. Sabemos onde estavam todos os atores.

Olhei mais atentamente para a mão na beirada da fotografia, mas permaneceu um mistério.

— Descobriremos quem é o dono, desde que não tenha tirado o anel — disse ele. — Talvez você possa começar verificando todos que estão hospedados no hotel.

Isso era algo excelente sobre uma cidade pequena como Westwick Corners. Havia poucos lugares onde comer ou beber. Cedo ou tarde, todos acabavam na sala de jantar do hotel ou no bar do Ponto do Feitiço.

Olhei para o relógio. Eram três horas da manhã, mas, considerando os eventos do dia, talvez algumas pessoas ainda estivessem acordadas. — Vou para lá agora.

— Mais uma coisa. — Tyler deslizou uma pasta sobre a mesa. — Tenho mais uma notícia ruim. Steven Scarabelli tinha um seguro de um milhão de dólares para Dirk Diamond, como Bill disse. Ele também tinha um semelhante para a esposa de Dirk, Rose Lamont.

— Isso não é tão incomum, é? Afinal de contas, Rose e Dirk eram as maiores estrelas de Steven Scarabelli. Se alguma coisa acontece com eles, um seguro evita o desastre financeiro. Muitos negócios fazem isso. Assim, não importaria o que acontecesse, Steven poderia usar o dinheiro do seguro para pagar o elenco e as equipes.

— Isso não acontecerá em um futuro próximo — disse Tyler. — O dinheiro irá primeiro para o patrimônio de Steven. Acho que os atores terão que entrar com um processo para serem pagos. Há uma coisa que acho que você precisa saber, Cen.

— O quê? — Eu não suspeitara de que Tyler estivesse escondendo alguma coisa de mim.

— Temos três pessoas mortas agora, se você contar o aneurisma de Rose Lamont.

Soltei uma exclamação. — Você acha que a morte de Rose teve outro motivo que não um aneurisma cerebral?

— Não sei, Cen. Mas o tempo é interessante. Dois cônjuges mortos com uma semana de diferença. E eles não têm filhos. Rose, em particular... ela só tinha trinta e poucos anos. Estatisticamente, é altamente incomum.

— É verdade — respondi. — Rose e Dirk eram megaestrelas. Quem será que herda a fortuna deles?

— É o que me pergunto também. — Tyler bateu com o dedo na pasta. — Eu verifiquei. E você nunca adivinharia, nem em um milhão de anos.

— Quem?

— Amber West. Parece que, no fim das contas, ela era mesmo muito amiga de Dirk.

Tive a sensação de que desmaiaria. — Como isso é possível? Dirk e a esposa deixaram a fortuna para ela, mas, mesmo assim, Dirk queria que fosse demitida do filme?

Tyler deu de ombros. — Talvez ela seja uma boa amiga, mas uma péssima atriz?

— Ela nunca falou nada sobre uma herança. — Talvez ela não tivesse exagerado a amizade deles, no fim das contas. Mas, até o filme, ela nunca nem mencionara o nome de Dirk Diamond. Pelo jeito, os dois eram tão próximos que ela fora nomeada beneficiária do seguro de vida dele. Era quase como se ela tivesse uma vida secreta sobre a qual nossa família não sabia. — Talvez ela não soubesse disso.

— Ou isso poderia explicar por que ela está demorando tanto para voltar. Talvez tenha decidido nem voltar. — Tyler se levantou e andou de um lado para o outro. — Ela sabe que terá que responder a muitas perguntas.

— Não, isso não é possível. Como pode dizer uma coisa dessas? — Franzi a testa. — Ela nunca deixaria a família. Além do mais, ela precisa aparecer para receber o dinheiro, certo?

— É verdade, mas isso pode ser feito por meio de advogados — respondeu Tyler. — Não a estou acusando, só dizendo o óbvio. Se é verdade, qualquer pessoa pode ver que ela ganharia com a morte de Dirk. Qual é exatamente o relacionamento deles? Por quanto tempo ela conhecia Dirk?

Joguei as mãos para o alto, derrotada. — Não faço a menor ideia. Só descobri hoje que ela os conhecia. Ela nunca falou sobre eles antes, mas parecem ter sido amigos por muito tempo. Eu sempre soube que ela gostava de ser o centro das atenções, mas não sabia que era atriz. Ou que dera a Dirk a "grande" oportunidade da vida dele. — Fiz o sinal de aspas no ar.

Cheguei à conclusão que realmente não conhecia minha tia.

— Talvez Amber não tenha tanta sorte — comentou Tyler. — Ela ainda tem que ficar viva por tempo suficiente para receber a herança.

CAPÍTULO 27

Finalmente deixei Tyler na sala de interrogatório depois de esperar um pouco mais para que tia Amber voltasse. Mas, depois de se passarem horas e ela ainda não ter aparecido, fiquei cada vez mais preocupada. Se ela realmente era a herdeira da fortuna dos Diamonds, agora tinha um preço por sua cabeça.

Saí para o saguão escuro e imediatamente colidi com uma força invisível. O peito de um homem, para ser precisa. Meu coração disparou quando mãos fortes seguraram meus braços.

— Solte-me! — gritei ao tentar girar o corpo, mas não adiantou. Não consegui me soltar.

— Relaxe! Por que está histérica desse jeito? Só estou tentando evitar que você caia. — Ele afrouxou as mãos e deu um passo para trás. Senti o cheiro de álcool no hálito dele.

Reconheci a voz e o balbuciar bêbado de Rick Mazure. — Como você entrou aqui? — Talvez tia Amber tivesse deixado a porta destrancada ao partir apressadamente.

— Convenci o segurança a me deixar entrar. Preciso falar com urgência com o delegado Gates. Ele está aqui? Há algo que preciso dizer a ele.

Soltei o ar, sentindo-me como uma idiota. — Você lembrou de

alguma coisa desde que se encontrou com ele mais cedo? É alguma coisa nova?

— Não exatamente. — Rick olhou para os pés, inquieto. — Estou em um certo conflito sobre tudo isso. Gosto de Steven Scarabelli, mas...

A porta se abriu. Tyler ficou parado lá. — O que você acabou de dizer sobre Scarabelli?

Rick franziu a testa. — É confidencial. Não deveríamos entrar no seu escritório?

— Na verdade, eu estava saindo. — Tyler colocou a chave na fechadura e trancou-a. — Você pode me acompanhar.

— Mas... não acho... — Rick lançou um olhar inquieto para mim.

— O que tem a dizer pode ser dito na frente de Cendrine. Ela está me ajudando com a investigação.

Rick pareceu alarmado ao olhar para mim. — Isso é normal? Quero dizer, você não é investigadora nem nada.

— É um esforço conjunto — retrucou Tyler. — Eu a requisitei.

Ele não fizera aquilo, mas eu sabia que Tyler me queria como testemunha das declarações de Rick. Não só isso, mas, se Tyler esperasse até o amanhecer, Rick poderia mudar de ideia sobre falar.

Rick olhou em volta do saguão para garantir que não houvesse mais ninguém. — Não é segredo nenhum que Dirk deu a Scarabelli um acordo ruim. As exigências constantes de Dirk enfureciam todo mundo. Scarabelli era muito paciente com ele, mas acho que finalmente chegou ao ponto em que simplesmente não aguentava mais.

— Steven fez confidências a você? — Tive uma sensação crescente de enjoo. Mais provas que apontavam na direção de Steven Scarabelli. Brayden já sabia que Tyler liberara Steven Scarabelli. O cadáver de Steven no hotel era prova disso. Soltar um assassino podia ser um prego no caixão, por assim dizer. Mesmo com Steven morto, Brayden acusaria Tyler de incompetência ou coisa pior. Estremeci.

— Steven não disse isso exatamente. Quero dizer, não literalmente. — Rick mordeu o lábio inferior. — Mas ele disse ontem que aguentara o suficiente e que garantiria que Dirk nunca mais fizesse outro filme enquanto Steven estivesse vivo.

— Há muitas formas de interpretar isso além de uma ameaça de morte — comentou Tyler. — Talvez Steven não quisesse mais trabalhar com ele. Parece que ninguém mais em Hollywood queria trabalhar com ele.

Rick riu. — As pessoas aguentam qualquer coisa por dinheiro. Até mesmo Dirk Diamond não parecia tão ruim assim quando havia a possibilidade de ganhar milhões.

— Está dizendo que Steven Scarabelli matou Dirk Diamond? — Steven não me parecia um assassino. Praticamente todos os membros do elenco e das equipes tinham comentado sobre como Steven era gentil e honesto, e que faria qualquer coisa para ajudar outras pessoas. Ele até mesmo ajudara Dirk, apesar do abuso que recebeu em troca.

Rick deu de ombros. — Não se pode realmente culpar o cara. Dirk mereceu.

Tyler franziu a testa. — Você tem alguma prova para apoiar suas suspeitas?

— Ouvi Steven e Amber discutindo. Amber alegou que herdaria a fortuna de Dirk e que se recusava a dividir qualquer coisa com Steven. Fiquei chocado ao descobrir que Amber era beneficiária do testamento de Dirk. Depois de pensar no assunto, percebi que era importante o suficiente para lhe contar — disse Rick. — Só sinto muito por não ter dito nada antes.

Lembrei da discussão deles mais cedo. A alegação de Rick coincidia com o comentário de Tyler. Houvera mais alguma coisa naquela conversa além da demissão de Amber?

— O que exatamente você ouviu? — Tyler fez algumas anotações no bloco.

Rick olhou furtivamente em volta do saguão vazio. — Não podemos...

Tyler balançou a cabeça negativamente. — Quanto mais cedo me contar, melhor.

Rick suspirou. — Ok. Veja bem, Steven estava encurralado e desesperado. Ele estava com problemas com os investidores que bancaram o filme. Quando Dirk se demitiu e Steven ainda precisava pagar o elenco e as equipes, ficou encrencado. Os investidores ficaram sem o dinheiro e nada contentes com isso. Steven precisava arrumar dinheiro, e depressa.

Subitamente lembrei-me do anel. Olhei para as mãos de Rick, mas não havia anel algum.

— Hesitei em falar porque Steven é meu amigo — disse Rick. — Mas foi quando Steven disse que mataria Dirk. No começo, eu não o levei a sério, mas depois ele começou a fazer muitas perguntas sobre as armas no roteiro e coisas assim. Isso me pareceu estranho naquela hora, mas foi só agora que encaixei todas as peças.

— Você acha que Steven plantou uma arma carregada? — Tyler estreitou os olhos.

— À luz do que aconteceu, certamente parece que sim. Eu sei que Steven estava desesperado, mas achei que era só conversa. Que ele só decidiria parar de fazer filmes com Dirk ou algo assim. Até que, bem... nunca achei que ele realmente mataria alguém. Acho que Dirk finalmente o forçou a isso.

Percebi que Steven não teria como confirmar ou negar as alegações de Rick agora que estava morto. Mas todas as peças pareciam se encaixar.

Exceto pelo vulto sombrio no telhado, que certamente era menor e mais magro que Steven Scarabelli.

— Você está fazendo uma suposição ousada — disse Tyler. — Mas vamos investigar.

— Não é uma suposição, delegado Gates. — Rick chutou uma pedrinha no chão. — Steven simplesmente foi em frente com a ameaça.

— Por que não disse nada antes? — perguntou Tyler.

— Não sei... talvez eu tenha achado que Dirk mereceu. Quero dizer, era um cara realmente mau e, se havia alguém que merecia, era ele. Ele estragou muito as coisas para Steven. Mas ninguém merece morrer.

— Não, não merece — disse eu baixinho. — Não importa o quanto trata as pessoas mal. — E ninguém merecia ser um bode expiatório, especialmente quando estava convenientemente morto.

A vida era injusta às vezes. E, pelo jeito, a morte também.

CAPÍTULO 28

As ruas antes movimentadas do lado de fora da prefeitura estavam agora escuras e desertas, um contraste enorme. Tyler voltara ao escritório para validar as informações de Rick. Caminhei sozinha, com os saltos altos fazendo barulho na calçada vazia enquanto eu pensava nas alegações de Rick. Eu me esquecera de perguntar a ele se havia mais alguém por perto que tivesse ouvido a discussão de Steven e Amber.

Pareceu demorar uma eternidade até que eu chegasse ao meu carro, que estava a apenas dois quarteirões de distância. Eu estacionara na rua adjacente para que não ficasse óbvio para Brayden que estava na delegacia com Tyler. Eu não esperava que ele voltasse à prefeitura tão tarde, mas não tinha certeza. A última coisa que eu queria era antagonizá-lo mais ainda. Isso só deixaria as coisas piores para Tyler.

Apressei o passo quando vi meu Honda confiável, velho e enferrujado, esperando sob a única luz da rua que funcionava no quarteirão. O carro parecia triste e solitário.

Coloquei a bolsa sobre o banco do passageiro, sentei-me no banco do motorista e liguei a ignição. Saí do estacionamento e pisei no acelerador, sabendo que não seria parada por excesso de velocidade. Atravessei a cidade e fiquei aliviada ao ver que os fãs de Dirk tinham abandonado o posto durante a noite. Entrei na rodovia e subi a colina em direção ao hotel.

Provavelmente era muito tarde, mas eu queria conferir as mãos de todos enquanto ainda estavam na sala de jantar ou no Ponto do Feitiço. Algumas pessoas talvez já tivessem saído da cidade, achando que o filme não continuaria. Outras já teriam se retirado para os quartos para dormir. Mas provavelmente eu ainda conseguiria ver algumas delas.

Estacionei o carro e subi correndo o caminho para o Ponto do Feitiço. A música e as vozes que ouvi me indicaram que a casa ainda estava cheia.

Vi Arianne primeiro. Ela estava sentada no bar com Rick Mazure, que chegara lá apenas alguns minutos antes de mim. Apressei o passo ao andar na direção deles. Parei subitamente. Alguma coisa me disse para recuar.

Acenei com a cabeça para Rick e Arianne. Em seguida, sentei-me em um banco vazio a poucos metros à esquerda de Rick. Sorri para tia Pearl, que estava cuidando do bar. Ela acenou com a cabeça para mim e virou-se de costas. Uma fração de segundos depois, sem dizer uma palavra, ela colocou um porta-copos à minha frente, seguido de uma taça de vinho tinto. Ela estava incomumente quieta ao voltar para a extremidade oposta do bar para servir cervejas a dois residentes.

Mesmo com a música alta, consegui perceber que Rick Mazure estava mais bêbado que um gambá novamente. Ele parecera um pouco sóbrio na prefeitura, mas, em apenas quinze minutos, voltara ao estado anterior. Talvez isso fosse compreensível, considerando que, subitamente, ele não tinha emprego. Ou talvez tia Pearl estivesse fazendo seus velhos truques de novo. Esforcei os ouvidos para escutar a conversa deles.

— O que eu estava dizendo? — As palavras de Rick se embaralharam quando ele ergueu o copo e bebeu o restante do uísque.

— Você estava falando sobre como me tornaria uma estrela. — Arianne Duval mexeu o coquetel. Ela soou um pouco sarcástica, como se não estivesse acreditando no que Rick dizia.

— Uma estrela? Você será a constelação inteira. — Ele colocou a mão sobre a de Arianne. — Tenho uma ideia incrível de uma série, mas ainda é um segredo.

Fiquei imaginando se era o mesmo roteiro sobre o qual Rick falara com Dirk mais cedo.

Arianne Duval ergueu a mão com a desculpa de mexer o drinque. — Qual é a história?

Estudei as mãos dela. Apesar de ter anéis nas duas mãos, elas eram muito mais delicadas do que a mão na fotografia. E os anéis dela eram de ouro, não de prata.

Rick se inclinou na direção dela. — Uma garota azarada descoberta em uma farmácia. Você é simplesmente perfeita para o papel.

— Deixe-me adivinhar. Isso se passa em Hollywood e Vine? — Arianne não esperou uma resposta. — Você está brincando, não é? Isso já foi feito antes.

— Tudo foi feito antes, Arianne. É uma fórmula e eu sei como trabalhar com ela. É o motivo pelo qual Dirk ficou tão famoso. Meu roteiro foi o que fez com que ele brilhasse. Eu farei com que você também seja famosa.

— Já sou famosa. Você precisa mais do que isso.

— Una-se a mim e garantirei que você coloque os pés no cimento. Assim, os fãs pisarão em seus passos na calçada da fama em Hollywood.

Arianne revirou os olhos. — Acho que você está se dando crédito demais.

— Olhe, sei como escrever uma história de sucesso. Na verdade, ela já está escrita. — Rick bateu no copo para que fosse enchido novamente. — Não é como se você tivesse mais alguma coisa para fazer. Quer ou não?

Arianne ficou em silêncio por um momento enquanto tomava um gole do drinque. — Talvez.

— Eu não esperaria demais se fosse você. Kim está procurando outros talentos para mim neste momento — disse ele.

— Ok, muito bem. Vou dar uma olhada no roteiro. — Arianne bebeu o restante do drinque. — O que tenho a perder?

— Você está dentro. — Rick estendeu a mão. — Vamos apertar as mãos.

Arianne apertou a mão dele quando Rick tirou uma pilha de papéis do bolso e colocou-a em frente a ela. — Este roteiro é só para você. Prometa que não dirá uma palavra sobre ele.

Arianne assentiu.

— Ótimo — disse ele. — Vou preparar um contrato para você amanhã de manhã. Praticamente imprimo dinheiro com os meus roteiros. Todos se arrependerão de não terem me levado mais a sério.

Eu tinha a sensação de que algumas pessoas já se arrependiam.

CAPÍTULO 29

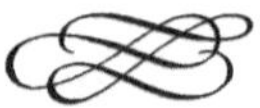

Tia Pearl chamou minha atenção com um aceno, pedindo que eu fosse até a outra extremidade do bar. Levantei do banco e fui na direção dela com a taça de vinho na mão. Sentei-me em um banco ao lado de Kim Antonelli. Ela me encarou friamente e baixei o olhar para as mãos dela, uma das quais segurava um copo.

Nenhum anel.

Kim colocou o copo de margarita sobre o bar com força, derramando o líquido no balcão. — Não é justo. Dirk Diamond era meu único cliente. Ele me monopolizou o tempo inteiro até que desisti de todos os meus negócios. Agora ele se foi e, subitamente, não tenho renda nenhuma. Estou basicamente desempregada.

O desabafo dela pareceu ser mais um espetáculo do que qualquer outra coisa. As palavras e a ação estavam lá, mas não parecia haver emoção alguma por trás delas.

— Talvez você devesse ter diversificado. — Tia Pearl colocou um porta-copos sobre o bar à minha frente, seguido de um copo de água gelada. — Ter apenas um cliente é desastre na certa.

— Talvez você devesse cuidar de sua vida — retrucou ela. Pelo menos a raiva direcionada a tia Pearl pareceu genuína.

Franzi a testa para tia Pearl antes de me virar para Kim. — Quem você acha que matou Dirk?

Kim jogou as mãos para o alto. — Quem sabe? Todos, e quero dizer todos, o odiavam. Até mesmo a esposa dele, Rose. Ela queria o divórcio, mas ele prometeu fazer com que se arrependesse. Mas ela morreu, pois ele a matou.

Fiquei de boca aberta. — Você acha que Dirk matou Rose?

— Eu sei que matou — respondeu Kim. — Ele não queria perder dinheiro em um divórcio. Ele mesmo disse isso. Disse que a única forma de terminar o casamento seria se um dos dois morresse.

Acenei para que tia Pearl levasse outro drinque para Kim. Eu tinha que mantê-la falando. — Acho que ele conseguiu o que queria. Pelo menos por um tempo.

Lembrei-me dos comentários de Tyler sobre tia Amber ser a única herdeira. — Dirk tinha um testamento?

Kim assentiu, mas não disse nada.

Tomei um gole da água gelada, que aliviou minha garganta seca. — Quem é o herdeiro?

Kim olhou em volta e abaixou a voz. — Eu.

Engasguei com a água, cuspindo-a sobre o balcão e aumentando a poça de líquido verde à nossa frente. A alegação de Kim conflitava com a de Tyler. — Você herda tudo?

Kim franziu a testa. — Foi o que o advogado de Dirk me falou quando telefonei a ele para falar sobre a morte dele. Pelo jeito, o patrimônio de Rose ficou para Dirk. Mas, quando Dirk morreu, passei a ser a beneficiária de tudo depois de Rose.

Fiquei um pouco surpresa por Kim já ter telefonado para o advogado de Dirk. E pelo fato de o advogado ter dito aquilo a ela. Mas talvez os agentes de Hollywood gerenciassem muitas das coisas pessoais para grandes estrelas como Dirk.

Tia Pearl chegou com uma toalha e limpou a bagunça. Ela pegou o copo de Kim e substituiu-o por uma margarita nova.

Kim prontamente bebeu metade do drinque.

Ou talvez o relacionamento entre Kim e Dirk fosse mais do que apenas profissional. — Você deve ter ficado surpresa com o testamento dele. — Pareceu-me estranho que ela ainda estivesse preocupada por perder o emprego quando acabara de herdar milhões.

— Um pouco. Achei que talvez ele tivesse feito isso como algo temporário quando Rose pediu o divórcio, mas o advogado disse que não. Que Dirk mudara o testamento sem consultá-lo. Isso era típico de Dirk, mas ainda me espanta o fato de ele deixar toda a fortuna para mim. Sei o que está pensando, mas meu relacionamento com Dirk era estritamente profissional. Pode perguntar a qualquer um. Quem sabe por que ele deixou tudo para mim? Dirk fazia coisas esquisitas como essa às vezes. Eu só trabalhava para ele.

— Rose pediu o divórcio? — Se isso fosse verdade, talvez a morte de Rose não fosse acidental. Dirk tinha um motivo forte para matá-la. Ainda assim, a morte dela e o processo de divórcio não tinham sido informados pela imprensa. Minha cabeça girava com todas as informações conflitantes. Alguém, ou talvez todo mundo, estava mentindo. Rick e Tyler acreditavam que Amber era a herdeira de Dirk. Mas Kim alegava que não. Quantas vezes Dirk mudara o testamento?

Dirk provavelmente contava com a lealdade de Kim por algum motivo. Ou apenas sabia que podia controlá-la. Nenhum advogado decente aconselharia um cliente a fazer tal arranjo. Portanto, naturalmente ele quisera manter em segredo a mudança no testamento, sem imaginar que morreria enquanto esse arranjo temporário estava em vigor.

— Quem sabia que Dirk tinha mudado o testamento? — perguntei.

Kim jogou as mãos para o alto novamente. — Não faço a menor ideia. Eu certamente não sabia. Talvez ninguém, exceto Dirk. Ele guardava algumas coisas em segredo.

Nós duas demos um salto quando algo caiu trás do bar, seguindo de um som de vidro estilhaçando. Uma prateleira caíra, lançando garrafas de licores caros no chão.

— Ops! — Tia Pearl observou os danos, soando estranhamente animada. — Consigo resolver isso em um piscar de olhos.

Levantei a mão, receando que ela estivesse prestes a aprontar alguma coisa. — Você não vai...

Mas tia Pearl já estava sussurrando um feitiço de volta no tempo.
— Um, dois, três... faça com que não seja...

Kim pareceu não notar. Não que isso importasse. Um feitiço de volta no tempo só apagaria a memória recente de Kim e voltaria tudo para alguns momentos antes. A história se repetiria quando os momentos apagados fossem vividos novamente.

Fiquei irritada com tia Pearl porque eu estava fazendo um progresso real com Kim. Eu odiei a ideia de ter que começar a interrogá-la de novo. Era um desperdício de tempo valioso e não podíamos ter mais atrasos. Mas comecei tudo de novo até chegarmos ao mesmo ponto da conversa.

— Kim, você e Dirk estavam tendo um caso? — Eu a observei cuidadosamente, procurando qualquer indício na expressão dela ou na linguagem corporal.

— O quê? Não! Ele é tão velho! Sei que é um astro e tudo o mais, mas ele tem o dobro da minha idade! Além do mais, eu nunca roubaria o marido de outra mulher. — As palavras arrastadas de Kim ficaram mais altas. De alguma forma, o feitiço de volta no tempo revertera a história sem restaurar a sobriedade dela.

— Mas ele deixou todo o dinheiro para você...

— Ah, isso. — Ela fez um gesto de indiferença com a mão. — Tenho certeza de que o dinheiro não virá para mim. Ele só fez isso até que descobrisse o que faria a seguir. Depois que Rose morreu, ele decidiu deixar o dinheiro para caridade, mas não sabia qual. Portanto, colocou meu nome lá por um mês até que descobrisse. O testamento será contestado, tenho certeza.

Foi uma bomba ainda maior na segunda vez. A resposta dela mudara ligeiramente antes e depois do feitiço de tia Pearl. O que significava que ela mentira na primeira vez.

— E se alguma coisa acontecesse com ele enquanto pensava no que fazer... você herdaria milhões. — Se Kim realmente estava por trás da morte de Dirk, tivera um tempo muito curto para executar o plano. — E, como se pode ver, foi o que aconteceu.

— Você está me acusando de ter matado Dirk? Não acredito nisso. — Kim passou o dedo pela borda do copo e lambeu o sal, estalando os lábios. — Sou a última pessoa que teria feito tal coisa. Sou a única pessoa em quem ele confiava no fim.

— Então vocês eram amigos?

— Bem, o mais próximo que existe de amigos, já que Dirk não tinha nenhum. Sou a única a quem ele fazia confidências. Eu sabia de coisas sobre ele que nem a esposa dele sabia.

— Como o quê? — Não importava o que fora para ele, ela não parecia sentir pesar pela morte dele. Supus que a promessa de todo aquele dinheiro aliviava um pouco a dor.

Kim fez uma pausa por alguns segundos, ponderando o que dizer. — Dirk pretendia começar a própria empresa de produção e fazer os próprios filmes, em vez de trabalhar para Steven. Esse é o verdadeiro motivo pelo qual ele foi tão difícil e quis sair do filme. Ele atrasou as coisas o máximo possível porque não queria que o filme de Steven competisse com o filme que a nova empresa dele estava prestes a fazer.

— Deixe-me adivinhar... um novo filme de ação? — Lembrei-me das suspeitas de Rick Mazure sobre Steven Scarabelli. Talvez houvesse alguma verdade nelas.

— Isso mesmo. — Kim se recostou no banco, quase perdendo o equilíbrio antes de se agarrar no bar como apoio. Independentemente dos sentimentos que todos tinham por Dirk, a morte dele acionara um desejo universal de embriaguez.

— Alguém sabe sobre a nova empresa de Dirk? — Novamente, as coisas apontavam para Steven. Se era que ele sabia da traição de Dirk.

Kim deu de ombros. — Duvido. Dirk a manteve em segredo até que estivesse pronto para partir.

— Pena que ele não viveu por tempo suficiente para fazer isso — disse eu. — Talvez isso o tivesse poupado.

— Não vejo como isso tem alguma coisa a ver com a morte deles. — Kim parecia pessoalmente ofendida. Como a pessoa que herdaria os milhões de Dirk, ela não diria nada para se incriminar.

— E se alguém sabia? — Eu duvidava que fosse coincidência. — Dirk vai embora e muitas pessoas ficam sem emprego. Dirk tinha muitos inimigos. Talvez até mesmo alguém que quisesse matá-lo. Consegue pensar em alguém que pudesse fazer isso?

— Eu não queria dizer, mas há alguém. — Kim baixou a voz. — Amber West o ameaçou sobre os papéis principais. Ela parecia achar que ele lhe devia favores ou algo assim. Sempre tinha um ataque histérico se não conseguia o que ela queria. Aquela mulher é louca.

— Hmm. — Escondi o choque da melhor forma possível. Eu só queria manter Kim falando, mas foi doloroso ouvi-la desviar a culpa para outras pessoas, em particular minha tia. A julgar pelos comentários dela, Kim não fazia ideia de que Amber era minha tia nem de que Pearl e Amber eram irmãs.

Tia Pearl chegou um pouco mais perto e começou a limpar o balcão com um pano. — Amber só é apaixonada pela profissão. Ela é uma atriz muito talentosa.

Franzi a testa para tia Pearl. Os comentários exagerados dela certamente fariam com que Kim calasse a boca.

Kim acenou com a cabeça para ela e virou-se novamente para mim. — Quanto mais penso nisso, mais tenho certeza de que foi Amber. Aquela mulher é completamente louca. Parece uma velhinha muito doce, mas ela é muito má.

Todos pareciam apontar o dedo para tia Amber, mas, ainda assim, era impossível. Ela não tivera tempo para matar Dirk e parecera genuinamente surpresa quando descobrimos Steven morto no quarto dele. Não podia ser verdade, mas mesmo assim eu estava preocupada. Amber admitira estar no terceiro andar perto do horário em que Steven fora morto.

Eu não conseguia me lembrar se Kim estivera na sala de jantar no momento da confissão falsa de tia Amber, mas talvez estivesse. Ou talvez ouvira falar disso por outra pessoa.

— Deixe-me ver se entendi direito. Você acha que Dirk matou Rose e que Amber matou Dirk? Qual foi o motivo? — Especialmente porque Kim acabara com o dinheiro de Dirk, eu quis acrescentar.

— Quem sabe? Amber é velha e louca. — Kim girou o dedo indicador em volta da orelha. — Ela fará qualquer coisa para conseguir o que quer.

— Amber não é velha! — O rosto de tia Pearl ficou vermelho. Tia Pearl era a mais velha das três irmãs e tinha alguns anos a mais que tia Amber. Se Amber era velha, isso a deixava ainda mais velha.

Kim franziu a testa. — Claro que é... deve ter pelo menos sessenta anos. Acho que algumas pessoas não se dão bem com a velhice. Você sabia que ela jogou uma cadeira em Steven? Ela foi muito má com ele. Mesmo assim, ele a manteve como extra. É o tipo de pessoa que Steven era. Leal até o fim.

Extra?

Subitamente percebi que Kim mudara completamente de assunto para colocar o foco em tia Amber, em vez de em si mesma. Também percebi que, se Dirk faria os próprios filmes, não precisaria mais de uma agente para conseguir papéis. Talvez Kim estivesse mais envolvida do que queria deixar transparecer.

E, apesar das alegações sobre tia Amber, ela dera informações novas importantes que, se fossem verificadas, liberariam tia Amber definitivamente. Mas receei que uma tia Amber à solta poderia fazer mais mal do que bem.

CAPÍTULO 30

Kim se levantou e pegou a bolsa que estava sobre o bar. — Cansei desta cidade caipira. Vejo você por aí. — Ela tirou a carteira da bolsa, pegou algumas notas e jogou-as sobre o bar.

Tia Pearl, que estivera limpando os vidros quebrados, chamou Kim de volta. — Espere... você esqueceu uma coisa!

— Não, peguei tudo. — Kim franziu a testa.

Tia Pearl levantou um colar. — Você deve ter deixado isto cair.

Kim voltou e pegou a corrente prateada. Ela a estudou momentaneamente e, em seguida, abriu o fecho e tirou o pingente.

Fiquei de boca aberta ao reconhecer o pingente. Não era um pingente, apenas um anel de sinete de prata pendurado na corrente. — Onde conseguiu isso?

Kim inclinou a cabeça na direção da outra extremidade do bar. — Pergunte àquele cara. — Ela retirou o anel e empurrou-o para que rolasse de lado pelo balcão.

Rick Mazure saltou do banco e correu para o meio do bar, onde o anel ficou parado em pé por uma fração de segundo antes de cair e parar. Ele colocou a mão sobre o anel e pegou-o.

— Isso é seu? — Andei lentamente em direção a ele enquanto

enviava uma mensagem de texto pelo celular para Tyler. Eu tinha acabado de começar a digitar quando a porta do bar foi aberta.

Tyler entrou, sem ser notado por Rick nem pelos outros clientes.

Rick enfiou o anel no bolso. — É claro que é meu.

— Parece muito com o anel do meu namorado. Deixe-me ver. — Rick não sabia que Tyler era meu namorado. Eu precisava enrolar o tempo suficiente para que Tyler chegasse e inventei uma longa história sobre um anel que eu comprara para meu namorado, que sempre o perdia.

Rick tirou o anel do bolso. — É mesmo meu. Está vendo a inicial R? Esta é a prova.

Tyler se aproximou silenciosamente atrás de nós.

— É a prova mesmo — disse eu. — Você matou Dirk Diamond e o anel prova isso. Temos tudo filmado.

— O quê? Você é louca. — Rick fez uma careta de desprezo. — Qual é o problema desta cidade maluca? Eu disse a Dirk que nunca deveríamos ter vindo para cá. Foi tudo ideia de Steven, influenciado por aquela louca da Amber.

— Acho que você disse exatamente o oposto a Dirk — retruquei. — Que lugar melhor para matá-lo do que em uma cidade minúscula com presença limitada da polícia?

Tia Pearl desligou a música. Não que fosse necessário, pois todos no bar já tinham ouvido a conversa. A maioria das pessoas já se levantara e caminhava na nossa direção com descrença.

Olhei de relance para Tyler.

Ele assentiu ao se posicionar entre Rick e aporta. — Rick Mazure, você está preso pelos assassinatos de Dirk Diamond e Steven Scarabelli. — Ele leu os direitos para um Rick atordoado.

— Você não vai dar ouvidos a ela, vai? — Rick xingou baixinho.

Sorri para ele. — Todos estavam frustrados com as exigências ridículas de Dirk e com a forma como ele tratava as pessoas — disse eu. — Mas ninguém mais do que você. Dirk o tratava pior do que os outros. Você trabalhou como um burro de carga com as constantes modificações no roteiro, mas ele nunca nem mesmo agradeceu.

Ele deu de ombros. — Ele era um escroto, e daí? Todos sabíamos disso ao aceitarmos o emprego e Steven pagava bem. Por que eu mataria a galinha dos ovos de ouro?

— Você está frustrado com todas as modificações apressadas — disse Tyler. — Quem poderia culpá-lo? Enquanto todos ficavam sentados esperando que as últimas exigências de Dirk fossem colocadas no roteiro, você estava escrevendo loucamente. Ele fez com que você trabalhasse quase até a morte, não foi?

Rick deu de ombros. — É o meu trabalho. Afinal de contas, Dirk era a estrela. É preciso manter as estrelas felizes.

— Mas todo mundo tem um limite, Rick. O seu chegou quando você e Dirk trabalharam em um projeto juntos. Ele começou a própria empresa de produção e contratou você para escrever o primeiro roteiro. Você trabalhou dia e noite para escrevê-lo, além do trabalho normal, mas Dirk acabou rejeitando o roteiro.

Rick corou, mas não respondeu.

— Foi a gota d'água, não foi? — perguntou Tyler. — Dirk era um ingrato. Ele enganou você. Mas você se vingou de Dirk inserindo o assassinato dele na cena.

— Não, você entendeu tudo errado. Comecei minha empresa e estava planejando...

Tyler balançou a cabeça negativamente. — Você teve essa ideia depois de matar Dirk. Mas as coisas se complicaram quando Steven começou a suspeitar das armas no roteiro, que foram mudadas de facas para pistolas. Foi quando ele começou a se perguntar o que estava acontecendo.

Rick ergueu a mão em protesto. — Steven estava ocupado demais para se importar. Ele me pediu para trabalhar diretamente com Dirk.

Tyler continuou. — Havia outro problema com as armas. Steven sabia que elas só tinham balas de festim. Bill tinha suas falhas, mas Steven trabalhou com ele por tempo suficiente para saber que nunca teria uma arma carregada no local de filmagem.

Bill assentiu de onde estava a poucos metros. Todos tinham se levantado e formavam um semicírculo em volta de nós.

Rick balançou a cabeça negativamente. — Steven deveria aprovar todas as alterações. Ele sabia sobre as mudanças.

— Não, não foi o que aconteceu — disse eu. — Você sabia que ele não leria o roteiro antes do tempo porque confiara em você antes. Steven estava ocupado demais assinando todos os contratos e não tinha tempo para conferir cada mudança no roteiro. Eu o ouvi dizendo a você que fosse em frente.

Tyler assentiu. — Apesar de Steven não ter assinado suas alterações, era óbvio que mudar de facas para pistolas era uma mudança bem importante. Steven sabia que não fora algo que Dirk pedira. As mudanças de Dirk eram sempre relacionadas a fazê-lo parecer melhor, não algo tão básico quanto as armas usadas.

— Não! Você entendeu tudo errado — protestou Rick. — Dirk pedia as coisas mais malucas e eu tinha que inseri-las no roteiro.

— Steven confrontou você, não foi? — Tyler não esperou a resposta. — Quando soube o que você tinha feito, estava prestes a expô-lo. Você não tinha outra opção além de matá-lo. Assim, ninguém descobriria que você tinha matado Dirk. Foi até o quarto de Steven e encontrou-o sozinho.

Rick se abaixou e enterrou o rosto nas mãos, soluçando incontrolavelmente. — Steven era meu amigo.

— Mas o que realmente denunciou você foi o anel de sinete — disse eu. — Você o usou quando atirou em Dirk. Livrou-se dele porque tinha medo de que estivesse contaminado com resíduo de pólvora. Portanto, você o deu para Kim.

Rick ficou de boca aberta. Ele não tinha como negar que o anel era dele depois de dizer que era.

Kim ficou pálida e colocou a mão no peito. — Não!

— Depois, você tentou incriminar um homem morto ao culpar Steven pela morte de Dirk e ao acusar Amber de matar Steven. Pena que seu plano não foi tão perfeito quanto as tramas de seus filmes. — Lembrei-me daquela manhã em que eu carregara os vestidos de tia Amber. Fora quando eu vira o anel de Rick pela primeira vez, apesar de ter esquecido dele.

— Tudo faz sentido agora — disse Bill. — Minha arma desaparecida e as mudanças ridículas, como o cavalo e as armas. Eu não tinha opção além de deixar meus acessórios sozinhos. Caso contrário, teria atrasado a filmagem. Isso deu a Rick uma excelente oportunidade de roubar uma arma e carregá-la com balas de verdade.

— Quando Dirk percebesse que as mudanças eram ruins, já estaria morto. — Arianne limpou uma lágrima do rosto. — E estávamos todos tão ansiosos para filmar a cena que nos atrapalhamos. Acho que foi por isso que eu tive que buscar minha arma na caixa de acessórios. — Ela acenou com simpatia para Bill.

— Rick reescreveu a cena para adicionar as armas como distração. — Tyler tirou um par de algemas do bolso do casaco e colocou-as nos pulsos de Rick. Em seguida, fez com que Rick se virasse e apontou para ele. — Você achou que a cena de perseguição e tiroteio acobertaria a bala de verdade que usou, mas cometeu um erro importante. Não levou em conta a trajetória da bala. Com base no local em que atingiu Dirk, ela não saiu do local da filmagem, mas do outro lado da rua.

— Acho que você pensou que ninguém notaria — disse eu. — Mas Bill certamente notou a arma desaparecida. Você não tinha como guardá-la de volta na caixa das armas sem ser descoberto. Só teve tempo de jogá-la dentro da caixa de acessórios.

— Por que fez isso, Rick? — Bill balançou a cabeça com desalento. — Todos nós tínhamos algo bom em andamento.

Rick avançou na direção de Bill, mas sem conseguir se equilibrar por causa das algemas. Tyler parou entre os dois.

— Por quê? Porque não roubo e acho que ladrões deveriam pagar. Dirk roubou minha ideia para uma nova série que escrevi especialmente para ele. Ele prometeu me deixar rico, mas, quando escrevi os roteiros, Rick os roubou de mim e tirou-me do negócio. Ele acabara de assinar um contrato multimilionário da série que eu escrevi, mas me deixou de fora do pagamento. — O rosto de Rick ficou vermelho de raiva. — Meus roteiros o transformaram em um astro e é isso que recebo em troca?

— Tenho certeza de que ele pagaria você em algum momento. — Eu duvidava disso, mas queria injetar um pouco de calma na situação.

Rick balançou a cabeça negativamente. — Não. Ele não só deixou meu nome fora dos créditos como alegou ter escrito o roteiro! Ele não era nada além de um ladrão, um criminoso comum.

— Mas ele era um grande astro — disse tia Pearl. — Não precisava de seu roteiro idiota.

O rosto de Rick ficou vermelho. — Meus roteiros idiotas o deixaram famoso, para começo de conversa. Sem mim, ele não era nada.

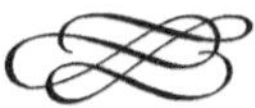

CAPÍTULO 31

Segui Tyler no meu Honda enquanto ele levara Rick algemado para a prisão.

Mas a cela já estava ocupada... por uma tia Amber incomumente consciente. Ela voltara enquanto estávamos no Ponto do Feitiço. E, pelo jeito, trancara-se de volta na cela por algum motivo. Ela agarrou as barras com as duas mãos ao xingar baixinho. — Não acredito que perdi toda a ação.

Tyler me entregou a chave e destranquei a porta. Segurei a mão de tia Amber e escoltei-a para fora da cela para que Tyler pudesse colocar Rick dentro dela. — Você vem comigo.

Eu a conduzi pela porta até o escritório externo.

— O que acontece agora? — Tia Amber limpou uma lágrima do olho. — Tudo pelo que trabalhei se foi. O filme nunca será feito.

— Você foi uma adição de último minuto — comentei. — Não investiu tanto assim no filme. Quero dizer, você usou bruxaria para memorizar as falas.

Ela deu de ombros. — Só porque tenho um talento natural, não quer dizer que tenha sido fácil. Voei de Londres para cá. E ainda tive que recusar as sobremesas de Ruby a semana inteira para manter a forma. Todo esse sofrimento para nada.

Eu poderia argumentar que ela não sofrera nada, mas isso não me levaria a lugar algum. Em vez disso, bati de leve no braço dela. — Sinto muito, tia Amber. O que posso fazer para animá-la?

Ela bateu os cílios e parou de soluçar. — Sei que o filme não foi terminado, mas podemos fazer uma festa de encerramento? — Ela simulou aspas com os dedos. — Não é culpa nossa se não pudemos terminar de filmar.

— Não sei. Parece um pouco insensível, considerando que Dirk, Rose e Steven morreram. — O médico legista de Los Angeles confirmara que a morte de Rose realmente fora devido a um aneurisma cerebral. Dirk não a matara. Ninguém a matara. Fora apenas uma coincidência horrível e trágica que marido e esposa tivessem trabalhado no mesmo filme e morrido a poucos dias um do outro. O casamento parecera inicialmente o motivo, mas a morte de cada um fora resultado de outros fatores.

Pelo menos uma das mortes misteriosas tivera uma explicação natural. Não era uma notícia boa, apenas uma notícia menos ruim.

— Acho que tem razão. — Ela pareceu abalada. — E se mudarmos o nome do filme? Adicionarmos algumas cenas novas?

— Não é uma boa ideia — respondi. — Você acabou de se livrar de uma acusação de assassinato. Talvez deva suspender sua carreira de atriz e ser discreta por enquanto.

Tia Amber ficou animada. — Temos um memorial com tapete vermelho bem aqui na cidade. Todos os figurões de Hollywood serão convidados para vir a Westwick Corners. Será o evento do ano.

— É isso que Dirk ou Steven teria desejado? — Franzi a testa, achando que tia Pearl provavelmente atearia fogo na rua principal se mais visitantes surgissem na cidade.

Tia Amber deu de ombros. — Quem sabe? Eles não estão aqui para nos dizer.

— Você tem razão, eles não estão. É melhor que a família deles decida.

— É só que isso parece tão... inacabado. — Tia Amber suspirou. — Minha chance de ganhar um Oscar se foi para sempre.

— Você sempre será uma estrela para mim. — Talvez eu estivesse exagerando um pouco, mas nunca entendi por que tia Amber deixara os talentos sobrenaturais de lado para ter uma carreira de atriz. Ela já era uma estrela no mundo da bruxaria.

Supus que até mesmo uma bruxa como tia Amber queria coisas que não podia ter ao mesmo tempo em que se esquecia das coisas que já tinha. — A fama não é tudo.

— Você tem razão, Cen. Todos os paparazzis, os fãs... é melhor ser comum. — Ela suspirou. — Vou voltar para minha existência ordinária. Pelo menos, sou uma mulher livre.

— E você me ajudou a conseguir uma história exclusiva. Fui a última jornalista a falar com Steven Scarabelli. Na verdade, já recebi alguns telefonemas da imprensa de Hollywood. — Era uma mentira com a intenção de animá-la, mas instantaneamente me arrependi de ter dito aquilo.

Tia Amber arrumou os cabelos. — É mesmo? Diga a eles que me telefonem. Tenho algumas fofocas apimentadas de Hollywood para contar.

A porta do escritório se abriu e mamãe e tia Pearl entraram.

— Ouvi a notícia. — Mamãe abraçou tia Amber. — Lamento que seu papel no filme não tenha dado certo.

— É, lamento. — A única coisa pela qual tia Pearl parecia pedir desculpas era por ter que dizer que lamentava.

— Está tudo bem. Não iam me pagar o suficiente. Com tudo o que aconteceu, acho que posso esperar algo melhor. — Tia Amber claramente estava desfrutando do status de celebridade recém-encontrado.

Tyler entrou no escritório e andei na direção dele. Sussurrei no ouvido dele: — Faça com que a liberação dela soe como algo importante, ok?

Tia Amber já estava no saguão.

— Não se preocupe, Cen. Metade da imprensa de Hollywood está lá fora, na frente do prédio. Eles apareceram alguns minutos atrás, depois que telefonei para Brayden sobre a prisão de Rick Mazure. — Tyler trancou a porta atrás de nós ao sairmos para o saguão.

Eu sorri. — Acho que as boas notícias se espalham depressa.

Tyler riu. — Eu não sabia que a adulação era tão importante para

Amber. Ela não precisava nos dar pistas falsas só para conseguir atenção. Quero dizer, ela pode conjurar uma multidão sempre que quiser.

— É verdade — respondi. — Mas tia Amber não faz ideia de que a multidão está aqui por causa da prisão de Rick Mazure, não pela liberação dela. É por isso que essa multidão é tão especial para ela. A multidão é real, não inventada por ela. Para ela, não há nada como ser suspeita de assassinato para atrair uma multidão.

CAPÍTULO 32

O sol matinal aqueceu nossos ombros enquanto eu e mamãe estávamos paradas nos degraus da prefeitura. Esticamos o pescoço para ver além da multidão de repórteres que aguardavam tia Amber. Ela subitamente atingira o estrelato que tanto queria, apesar de ser de uma forma que provavelmente nunca imaginara.

Os eventos do dia anterior já pareciam ser uma lembrança, mas pelo menos parte deles estava prestes a ser recontada.

Tia Amber insistira em reencenar sua liberação que acontecera tarde da noite, juntamente com uma coletiva de imprensa. Surpreendentemente, Brayden concordara. Parecia que a atuação teatral de minha tia adicionava um certo charme ao que teria sido uma coletiva de imprensa entediante. E, o que não foi surpresa, Brayden levaria os créditos pela captura de Rick Mazure e pela liberação de minha tia cuja inocência fora provada.

Olhei para a escadaria da prefeitura, mas não vi sinal de tia Amber nem de Tyler. Ele achava Brayden divertido agora que seu emprego estava novamente seguro. Tyler se desviara da bala, por assim dizer. Só esperei que nossa sorte continuasse e que não houvesse mais surpresas de meu ex-noivo.

Ninguém ainda saíra do prédio para a coletiva de imprensa providenciada às pressas pelo prefeito Brayden Banks. Havia novas vans das principais redes de televisão e repórteres parados em frente a câmeras com luzes. Havia quase tantas luzes e câmeras quanto durante a gravação do filme.

Apesar do sol, as luzes potentes das câmeras faziam com que todas as sombras desaparecessem e deixavam a prefeitura mais iluminada do que a Times Square na noite de Ano Novo. Parecia que éramos parte de um programa de baixo orçamento esperando uma grande entrada ou uma reviravolta na trama.

Espremi os olhos e concentrei-me nas portas da prefeitura através das luzes brilhantes, câmeras e uma multidão de operadores e repórteres que bloqueavam a visão. Não havia apenas jornalistas locais. Além de um repórter de Shady Creek, reconheci o anfitrião de um programa de entretenimento popular de Hollywood. Ele estava retocando a maquiagem e parecia estranhamente deslocado com o terno e a gravata.

Olhei para minhas roupas amassadas, sentindo-me subitamente mulambenta e cansada. As vinte e quatro horas anteriores tinham sido uma loucura, para dizer o mínimo. Mas finalmente as coisas tinham chegado a uma conclusão e eu estava grata por isso. As acusações contra Amber foram retiradas, Rick Mazure estava na cadeia e Tyler mantivera o emprego. Pelo menos, eu esperava que sim.

Por mais que o prefeito Brayden Banks tivesse feito, pelo menos tivera que engolir um sapo.

— Ela está vindo — sussurrou alguém. As pessoas murmuraram e mexeram-se até que todos estavam em posição. As portas da prefeitura estavam prestes a serem abertas.

Mamãe passou o braço no meu. — Parece que Amber finalmente conseguiu seus quinze minutos de fama. Eu só queria que não fosse a um preço tão alto.

Assenti. — Nada como ser acusada de assassinato para ter o nome nas manchetes. Acho que qualquer publicidade é boa.

— Eu só queria que ela não tivesse desejado ser atriz — disse mamãe. — Ninguém teria vindo para Westwick Corners para fazer um filme. Talvez nada disso teria acontecido e Dirk e Steven ainda estariam vivos.

— Não exatamente.

Saltei ao ouvir a voz atrás de mim.

— Não teria feito muita diferença. — Vovó Vi flutuou à nossa frente. — Rick teria trabalhado com Dirk em outro momento ou em outro local. E teria matado Dirk. Você deve saber que não pode mudar o destino. Só o que muda são os detalhes, mas nunca o resultado.

Tia Pearl assentiu. — Às vezes, o carma é uma merda.

Subitamente, as portas largas da prefeitura se abriram e vi cabelos ruivos quando tia Amber ficou à vista. Ela parecia minúscula contra as portas imensas. O prefeito Brayden Banks estava em um lado dela e o delegado Tyler Gates do outro. Eles pararam do lado de fora das portas, no topo da escada, e encararam a multidão.

Tia Amber usava um vestido branco longo com luvas longas até os cotovelos, estilo anos 1950. Ela acenou para a multidão como se fosse uma rainha, virando para a esquerda e para a direita. — Obrigada a todos por me apoiarem. Finalmente estou livre.

Provavelmente emiti um som de escárnio alto demais, pois as pessoas à nossa frente se viraram.

— Chega de drama — disse tia Pearl. — Tive agitação suficiente para um dia.

— Que vergonha! — gritou vovó Vi. — Ela sempre teve que ser o centro das atenções. Para compensar o fato de ser a filha do meio, acho.

Tia Amber aproveitou ao máximo o tempo sob os holofotes, respondendo às perguntas dos repórteres e posando para as câmeras. A vida era estranha. Tinham sido necessários dois assassinatos, uma confissão falsa e dividir o palco com o prefeito e o delegado, mas tia Amber finalmente tivera seu momento de glória.

No entanto, ela não estava mais rica. A alegação de Rick de que Amber era a herdeira da fortuna da família Diamond era falsa, uma mentira que tivera a intenção de desviar a investigação para o lado errado. Ele até mesmo forjara uma nova versão do testamento de Dirk para incriminar tia Amber. Tyler desmascarara a mentira ao confirmar com o advogado de Diamond. O fato de tia Amber não ser a herdeira provavelmente era melhor, pois aquela quantidade de dinheiro certamente resultaria em problemas.

A imagem fantasmagórica de vovó Vi flutuou de um lado para o outro, claramente chateada. — Por que Amber levou todo o crédito? Talvez ela tenha trazido fama para Westwick Corners, mas fui eu quem salvou o dia.

Olhei para tia Pearl para ver a reação dela, mas ela sumira.

— Como, vovó? — Ela era ainda mais sensível como fantasma do que fora quando estivera viva. Eu achava que ficar invisível para todos, exceto para a família, a deixava insegura. Ela se sentia como se ninguém a notasse.

— Solucionei o assassinato de Dirk.

Eu só a encarei.

— Ok, ok, eu apontei o assassino a você.

— Não, não apontou — retruquei. — Você só me deu algumas dicas, mas nunca deu nenhum detalhe. Tyler e eu solucionamos os dois casos sozinhos.

— Como pode dizer isso, Cen? Sou o único motivo para o assassino estar atrás das grades.

— Quando você finalmente me disse o que sabia, era tarde demais. — Franzi a testa. Vovó segurara de propósito informações sobre uma investigação de assassinato. Eu ainda estava furiosa com isso. — Além do mais, você me disse que havia duas pessoas, um homem e uma mulher. Essa parte não era verdade. Rick era o único assassino.

— Eu não ia facilitar as coisas — disse vovó Vi. — Queria desafiar sua habilidade de pensar.

— Não é um jogo, vovó.

— Não vamos brigar — disse mamãe. — Tudo o que importa é que Rick Mazure nunca mais machucará ninguém. Ele ficará preso por muito tempo.

— Ok, talvez você tenha tido uma parte pequena na solução do caso, Cen, mas nunca teria conseguido sem as minhas dicas. — A aura de vovó ficou roxa. — Na verdade, era eu quem deveria estar recebendo os elogios, não Amber.

— Você só está com ciúmes — disse mamãe. — Além do mais, como alguém poderia lhe dar algum crédito? Você é um fantasma, lembra?

Vovó Vi pareceu confusa.

— Ninguém consegue ver nem ouvir você, apenas nós, vovó — comentei.

Pelo jeito, ela não nos ouvira. Vovó Vi cruzou os braços. — Eu só queria que todo mundo parasse de me ignorar. Nunca pedi para ser invisível. Eu só queria que Amber desse crédito para quem merece.

Eu nunca vira vovó Vi tão chateada. Como fantasma, ela não podia chorar, mas a aparição dela estremeceu e ficou azulada. — Sinto muito, vovó. Talvez possamos compensar de alguma forma.

A forma fantasmagórica dela brilhou. — Talvez possamos sair para um belo jantar em família?

Suspirei. Vovó Vi ainda não aceitara totalmente o status de fantasma. — Claro, por que não? Você escolhe o lugar e farei a reserva. — A sugestão dela era ainda mais ridícula porque fantasmas não comiam. Mas eu não pretendia discutir com ela.

Dei um pulo quando alguma coisa explodiu a poucos metros.

Virei a cabeça na direção da explosão no momento em que fogos de artifício surgiram sobre mim. A cacofonia de sons e luzes parecia vir de todas as direções.

Eu não notara quando ela saíra, mas tia Pearl era furtiva.

Tia Pearl acenou para nós do telhado da prefeitura. Ela riu loucamente ao estalar os dedos em sintonia com cada explosão. Uma cascata de fogos de artifício coloridos desceu sobre nós como se fosse uma comemoração.

— Não! — Vovó Vi sacudiu o punho para tia Pearl. — Pare com isso, Pearl! Saia do telhado antes que se machuque!

Revirei os olhos. Eu deveria ter sabido que tia Pearl desejaria aparecer mais do que tia Amber e que isso de alguma forma envolveria fogo. A rivalidade entre as irmãs não tinha limites e, apesar de mamãe ser a mais nova, frequentemente tinha que separá-las.

— Viu como se faz, Bill? — gritou tia Pearl do telhado. — Seus acessórios são muito fracos.

Ninguém pareceu ouvi-la acima do barulho. Fiquei especialmente contente por Bill não a ter ouvido. Caso contrário, poderíamos acabar com mais um assassinato nas mãos.

Olhei em volta para a multidão. Todos pareciam hipnotizados pelo discurso de tia Amber. Suspeitei que ela trapaceara e usara um pouco de bruxaria.

Tia Amber subitamente parou no meio do discurso, confusa com os fogos de artifício que claramente não eram parte de seu feitiço. Não dava para ver Tia Pearl dos degraus da prefeitura e ela devia ter suposto que os fogos de artifício eram parte da celebração.

Rapidamente ela recomeçou a falar. — Hoje é nosso dia de celebrar a vida de dois homens inocentes.

Minha mente começou a divagar à medida que tia Amber continuava a falar sem parar, determinada a ganhar o maior tempo possível de transmissão.

— Como acabei tendo duas irmãs tão malucas? — Mamãe balançou a cabeça. — Elas precisam parar com isso e agir de acordo com a idade que têm. Amber está parecendo uma tola e Pearl está brincando com fogo.

Louca ou não, pelo menos algo de bom resultara dos truques dela. Tia Amber levara o negócio do filme para a cidade, o que fora bom para o Westwick Corners Inn. Apesar da tragédia, os executivos de Hollywood tinham decidido que o show deveria continuar. E eles bancariam a conta. O estúdio já escolhera novos talentos para os papéis principais e a filmagem seria retomada em duas semanas.

Sem tia Amber.

Tínhamos comprado uma passagem para ela para visitar o Havaí.

Tia Pearl também descobrira uma utilidade para sua piromania e eu suspeitava de que ela pediria desculpas a Bill na esperança de que ele a contratasse... de novo. Minha tia nunca admitia erros e, se pedisse desculpas, eu ficaria orgulhosa dela. Pelo menos, ela estava tentando recomeçar.

Tia Amber terminou o discurso e entregou o microfone para Brayden.

Foi muito sutil, mas Brayden bateu de leve nas costas de Tyler. —

Obrigado, delegado Gates, pelo excelente trabalho policial e por nos manter seguros. Graças ao seu trabalho de investigação, um assassino implacável está atrás das grades. Todos somos gratos.

Vovó Vi também estava no palco. Ela flutuava sobre os degraus na frente dos dois homens.

Bati palmas. Mamãe também e logo outras pessoas na multidão nos seguiram.

— Parabéns, srta. West — gritei.

Vovó Vi brilhou. A forma transparente dela foi coberta por uma camada dourada quando luzes poderosas refletiram nela. Pelo menos por um momento, ela esqueceu que era invisível e que os aplausos eram para tia Amber.

Tia Amber também percebeu. Ela sorriu para a mãe e andou novamente até onde estava o microfone. — É o encerramento. — Ela lentamente desceu os degraus da prefeitura, aproveitando o momento.

Tyler a seguiu a poucos passos e vovó Vi flutuou atrás dos dois ao andarem na nossa direção.

Mamãe suspirou. — Nunca achei que a vida real fosse mais emocionante do que um filme de Hollywood. Especialmente em Westwick Corners.

Tia Amber assoviava uma música ao se aproximar de nós.

— Você foi ótima — disse eu. — Pena que o filme não foi adiante. Acho que ele atraiu azar demais.

— Não, Cen. As bruxas fazem a própria sorte. — Ela piscou para mim.

— O que isso quer dizer? — Franzi a testa. — Esqueça, não quero saber.

— Espero que agora você deixe de lado essa história de ser atriz, Amber. — Mamãe reprimiu um bocejo. As últimas vinte e quatro horas tinham sido caóticas.

— Ah, claro que não, Ruby. As melhores partes ainda estão por vir. — Amber sorriu, com um olhar distante. — Vou ser rica e famosa. Espere e verá.

Gostou de *Bruxas e Famosas?*
Então, leia o próximo livro da série
Bruxarias de Natal

Increva-se também em http://eepurl.com/c0jHW1 para receber a minha newsletter semestral com as últimas novidades sobre meus livros.
colleencross.com

NOTA DA AUTORA

Se você gostou de *Bruxas e Famosas*, recomende-o aos seus amigos e deixe uma avaliação breve. Basta uma ou duas frases, o boca a boca é o melhor amigo dos autores!

Bruxas e Famosas é o terceiro livro da série *Mistérios das Bruxas de Westwick* e tenho muitos outros livros planejados. Enquanto leitores como você gostarem de minhas histórias, continuarei a escrevê-las.

Quer ser o primeiro a saber sobre novos lançamentos? Registre-se para receber notificações em www.colleencross.com

Também tenho várias outras séries de mistério e suspense das quais você talvez goste. Saiba mais sobre meus outros livros em www.colleencross.com.

Obrigada por ler meu livro!

Colleen Cross

OUTRAS OBRAS DE COLLEEN CROSS

Boletim informativo de novos lançamentos

http://eepurl.com/c0jHW1

Série de Aventuras de Suspense e Mistério com a Investigadora Katerina Carter

Teoria dos Jogos

Fórmula Mortal

Greenwashing : A Farsa Verde

A Farsa Vermelha - uma curta história

Série Mistérios das Bruxas de Westwick

Que Bruxaria é Essa?

Bruxas aos Farrapos

Bruxas e Famosas

Bruxarias de Natal

Não ficção

Anatomy of a Ponzi Scheme